为什么要把小说写得那么烂

刘按 著

江苏凤凰文艺出版社
JIANGSU PHOENIX LITERATURE AND
ART PUBLISHING

图书在版编目（CIP）数据

为什么要把小说写得那么烂/刘按著. -- 南京：
江苏凤凰文艺出版社，2022.7
ISBN 978-7-5594-6617-4

Ⅰ.①为… Ⅱ.①刘… Ⅲ.①短篇小说-小说集-中国-当代 Ⅳ.① I247.7

中国版本图书馆 CIP 数据核字 (2022) 第 028317 号

为什么要把小说写得那么烂

刘按　著

责任编辑	丁小卉
特邀编辑	王心怡　孙汉果
装帧设计	章婉蓓
责任印制	刘　巍
出版发行	江苏凤凰文艺出版社
	南京市中央路 165 号，邮编：210009
网　　址	http://www.jswenyi.com
印　　刷	河北中科印刷科技发展有限公司
开　　本	787 毫米 ×1092 毫米 1/32
印　　张	10.75
字　　数	149 千字
版　　次	2022 年 7 月第 1 版
印　　次	2022 年 7 月第 1 次印刷
标准书号	ISBN 978 - 7 - 5594 - 6617 - 4
定　　价	69.90 元

江苏凤凰文艺版图书凡印刷、装订错误，可向出版社调换，联系电话：010-87681002。

目　录

意义椅

在太空深处，有一个悬空剧场，剧场的外面各种外星飞行器排了长长的一列，几乎望不到尽头。排队的大约有一万种以上的智慧生命，他们来自宇宙中的各个角落，最远的航行了上千万光年才来到这儿。这个剧场里面，空荡得可怕，只在剧场中央摆放了一把椅子，别无他物。

椅子的式样和地球上人类使用的椅子差不多，从视觉上，更接近一把木椅，这把椅子是宇宙中的一个传说，传说这是宇宙诞生之初的造物，名为"意义椅"。根据宇宙规律，任何智慧生命一旦发展到足够的高度，就会感到不可救药得无聊，这种无聊是毁灭性的，越智慧越无聊，仿佛一种诅咒。

但是无论你多么无聊，只要你在这把椅子上坐一会儿，就会瞬间找到继续活下去的动力，也有一种说法是，你会找到一个伟大的目标。这是宇宙中传播最远，遍布语种最多的传说之一，但是因为这把椅子的时空坐标几乎距离任何智慧生命的所在地都非常遥远，所以只有真正无聊并且在他们的文明中可以理解什么叫椅子——也就是说他们至少要有一个类似于人类的屁股——也就是说他们能够坐在一把椅子上的智慧生命，才会从家乡出发来寻找它。

也可以说，在剧场外面排队的，就是宇宙中超级无聊又有屁股的智慧生命的大集合。

对于超级无聊但是没有屁股也不知道啥叫椅子的智慧生命，宇宙没有给他们的无聊提供解决方案。有一种解决方案是这样的，他们要先改造自己，使自己拥有一个屁股能够坐在椅子上，然后就可以出发来寻找意义椅。

可是并不是每一个超级无聊的智慧生命都愿意拥有一个屁股，对于那些不愿意拥有屁股但是又超级无聊的智慧生命，他们该怎么办呢？他们毫无办法。他们无法优雅地坐在意义椅上，意义椅只能给超级无聊又拥有屁股的智慧生命提供意义。这是不是一种歧视？这当然是一种歧视。要知道，在宇宙诞生之初，歧视就开始了。

作为一个拥有屁股又超级无聊的智慧生命，我为什么不去寻找意义椅，是因为我没有能飞那么远的飞船啊！不仅我没有，整个人类都没有。写到这里，我觉得：1. 我简直是白长了一个屁股；2. 我的无聊还非常初级，因为整个人类的智慧水平还非常低；3. 我想认识一个更高文明水准的有屁股的超级无聊的智慧生命，坐他的飞船去寻找意义椅。

这篇小说就是写给他的。兄弟，你如果能看到，务必来地球上接我。

红烧牛肉面咖啡馆

我沮丧地走在街上，提不起一点兴趣。我看见一家东北菜，我知道走进去就能吃到东北菜；我看见一家水果店，我知道走进去就能买到水果；我看见一家洗衣店，我知道走进去就可以洗衣服。整条街上，任何一家店是干啥的，都在它们的招牌上写得清清楚楚。

我曾经觉得很神奇，竟然一家写着东北菜的饭馆，走进去真的能够吃到东北菜；一家水果店，走进去真的能够买到水果，这也太不可思议了。这意味着，招牌上的信息是真的，真到什么程度呢？真到即使我没有走进一家东北菜馆，我依然相信走进去就可以吃到东北菜。

这是信息出现在街边的招牌上对我们的驯养。但是在一条街上走的次数多了，你就觉得，这很无聊啊！信息的传递，如此高效准确，一点不给人思考的空间啊！一目了然的信息，没有任何神秘感啊！我已经被街边招牌上的信息完全驯养了，因为我从没有走进东北菜馆，然后说，给我来一斤葡萄。

由此我就想到，为什么没有一家名字叫红烧牛肉面咖啡馆的咖啡馆。我进去说，服务员，给我来一碗红烧牛肉面。

服务员说，对不起，红烧牛肉面是一个定语，我们本质上是一家咖啡馆，只卖咖啡。

我说，啊，我以为你们又卖牛肉面又卖咖啡呢。

服务员说，如果我们叫红烧牛肉面一个中圆点咖啡馆（红烧牛肉面·咖啡馆），那可能会两样都卖，但是我们没有中圆点啊！

我说，啊，这么严谨啊！

服务员说，当然。

我说，为什么起这样一个奇怪的名字？

服务员说，我们主要是为了吸引对红烧牛肉面感兴趣的咖啡爱好者。

我说，这受众是不是有点太狭窄了？那些单纯想喝咖啡但是对红烧牛肉面不感兴趣的人是不是就不会进来了？

服务员说，我们老板不指望这个咖啡馆赚钱，就是为了交一些又喜欢吃红烧牛肉面又喜欢喝咖啡的朋友。

我说，那你们应该又卖牛肉面又卖咖啡，这样才能交到朋友啊！

服务员说，我们主要交的是喜欢红烧牛肉面但是更想喝咖啡的朋友。

我说，我对红烧牛肉面和咖啡一样喜欢怎么办？

服务员说，那对不起了，你不是我们要交的朋友。

我说，啊，那我想想，你让我觉得我好像确实更想喝咖啡，那给我来一杯咖啡。

服务员说，你不是想吃红烧牛肉面吗？

我说，你们不是没有吗？

服务员说，你如果真的想吃，你应该马上去找一家真正的红烧牛肉面馆。

我说，我想喝一杯咖啡再去。

服务员说，你真的想吃红烧牛肉面吗？

我说，真的想吃啊！

服务员说，哈哈，恭喜你，对于你这样真的想吃红烧牛肉面的客人，我们可以免费给你做一碗，但是你不能给钱，我们不卖。我们只送给有缘的朋友。

我说，谢谢你们的惊喜。

服务员说，那你是想先喝咖啡还是先吃红烧牛肉面？

我说，我还是先吃红烧牛肉面吧。

服务员说，哈哈，恭喜你答对了。如果你说想先喝咖啡，我就会认为你并不是真的那么想吃红烧牛肉面，那样红烧牛肉面就没有了。你必须回答想先吃红烧牛肉面，才能吃到红烧牛肉面。

我说，啊，那赶紧上啊，我已经等不及了。

服务员说，你等的时候不喝杯咖啡？

我说，我怕你怀疑我并不是真的想吃牛肉面，所以我不喝。

服务员说，干等？

我说，干等。

服务员说，那样不好，你还是先喝杯咖啡吧。

我说，那你要搞清楚，是你让我喝的，不是我自己提出来想喝的。

服务员说，好的，看来你真的想吃牛肉面啊！

我说，真的不能再真。

服务员说，我们老板没有看错人。

我说，怎么了？

服务员说，老板在你一进咖啡馆的时候就觉得你是一个真正想吃牛肉面的人，他当时给我发了一条微信，说他去买牛肉了，你看。

服务员把他老板给她发的微信给我看了一眼。老板在微信上说，我去买牛肉，你让客人务必等我，我最迟明天晚上回来。

我说，明天晚上回来，还吃什么啊！我还要回家睡觉啊！

服务员说，你等等嘛！明天晚上只是最坏的情况，一般情况下他一会儿就会回来。

于是，我等了一下午，天彻底黑下去了，老板还没有回来，但是等到了另外三个和我一样真正想吃牛肉面的人。现在，我们四个人一起坐在咖啡馆里绝望地等那个去买牛肉的老板回来。

将红色的烟头弹入桥下的河水

———————————

　　抽到最后一口的时候，正好走在一座桥上，桥的上面是夜晚的天空，下面是漆黑的河水。我用两根手指轻盈地将红色的烟头弹向桥旁边的空中，烟头在夜色中划出一条模糊而又灰暗的弧线向桥下落去。我稍微转头恰好看见烟头上的那一抹红色突然熄灭了，我知道，它熄灭的瞬间，就是它与漆黑的河面接触的瞬间，那个瞬间被我看到了。在我的生命中，我有很多次将烟头弹入桥下的河水，但这是第一次看到烟头被河水熄灭的那个瞬间，我继续往前走，心里面觉得那个瞬间真美啊！

走进东北菜馆要买一斤葡萄的人将进入
这个世界背后的世界

第一，你要相信这个世界的背后还有一个更真实的母体世界。

第二，你要相信我们可以从这个世界去往母体世界。

第三，你要相信东北菜馆是连接两个世界的秘密通道。

第四，你要让东北菜馆的老板相信你不是精神病，你精神非常正常。

第五，如果你最后被赶出来了，就换一家东北菜馆。因为并不是每一家东北菜馆的老板都愿意承认自己的菜馆是通往另一个世界的通道。

第六，如果你遇见一个善良的东北菜馆老板，比如他听了你说的之后，真的给你拿了一斤葡萄出来，并且说要送给你。你一定要真诚地感谢他，然后拿着葡萄退出菜馆。他显然已经沉浸于世俗生活太久，忘记了自己更为隐秘的身份。这时候，让他做一个普通人度过一生是一件美好的事。

第七，如果你真的想去这个世界背后的母体世界，那你记得要永远做一个走进东北菜馆要买一斤葡萄的人。总有一天，会有一个东北菜馆老板意味深长地看着你，然后突然对你说，你真的想好了吗？去了可能就再也回不来了。

我们三个人坐在沙发上

我们三个人坐在沙发上，这是对我们此刻存在状态的语言描述，这是一个极简的描述，屋子里的所有人都听懂了这句话。我相信，看这篇小说的朋友，也对"我们三个人坐在沙发上"这句话没有什么疑惑。这是一个朴素的句子，一个几乎所有人都能理解的句子，没有什么神秘的东西，就是我们三个人坐在沙发上，就这么简单。但是，当我们深入地思考后，就会发现，能够听懂"我们三个人坐在沙发上"这句话，其实一点也不简单。

第一，你要有"我"的概念。

第二，你要理解什么叫"我们"。

第三，你要知道"三"这个数字意味着什么，你脑海里要有数字的概念。

第四，你要理解"个"这个量词的用法。

第五，你还要知道"人"这个概念。

第六，你还要知道什么是"坐"。一般如果你知道"坐"，你还会知道什么是"站"或"躺"。

第七，你还要理解"在"这个介词的用法。

第八，你还要知道什么是"沙发"。如果你知道什么是"沙发"，你肯定理解什么是人造物，沙发就是一种人造物。如果你知道什么是人造物，你肯定理解人造物对应的概念，也就是什么是"自然"。如果你知道什么是"沙发"，你肯定还知道"沙发"不会悬在空中，你肯定对"沙发"这种东西出现的空间也有理解，比如它一般出现在一座建筑的内部，具体地说，更多出现在某一间房子的客厅里。

第九，你还要知道上下左右的"上"意味着什么。

也就是说，如果你能够听懂"我们三个人坐在沙发上"这句话，并且觉得这句话没有什么深意，就意味着你已经深陷语言的世界却浑然不觉。

事实上，"我们三个人坐在沙发上"就是宇宙中最神秘的事情。这是我们借助语言对我们此刻存在状态的虚构，在这个虚构之外，我们此刻真正的存在状态，我们是永远都无法知道的，也无法想象。

孙智正新书发布会兼喝酒的夜晚

现在是12月6日深夜，我来补写12月5日的《抽烟的人》。12月5日上午一如往常，就不记录了。下午2点30分左右，我从家打车出发，去长乐路997号月光新苑1号楼2501室参加孙智正新书《日记》的发布会。我从出租车上下来，询问保安，弄明白哪栋楼是1号楼的时候，我正好站在1号楼的楼下。我问保安抽烟不，保安说不抽，我就自己站在1号楼的楼下抽了一根烟，当时正好是3点30分，发布会在下午4点正式开始。我站在楼下抽烟的时候，蔡心格从远处走过来，她离我大约还有5米的时候，我认出了她，她也认出了我。我知道她抽烟，但还是把烟掏出来问了一句，抽一根不？有时候，即使抽烟的人，也不一定要马上抽一根，所以我的询问还是必要的。蔡心格说，好。我就给了她一根，并帮她点上。我们两个人站在楼下抽烟，简单聊了几句，主要聊她从哪里来。她说她从杭州来，她刚在那里开了一家店。我又问了几句，才问清楚是什么店。我当时脑海里还闪过，有机会应该介绍她和闫超认识，闫超在杭州需要一个酒友。对于蔡心格这样的美女，我认识的所有的酒鬼都需要她的陪伴，她就是理想中万中无一的那个可以陪你喝酒，还可以陪你聊哲学的酒友。当然这些都是我对她的幻想或者偏见，我对她并不了解。我们聊了一根烟的工夫，然后一起上楼。

这是一个什么楼呢？简单点说，就是一个超级破又很高的居民楼，应该有三十层左右，我们坐一部既老旧又狭小的电梯去二十五楼。刚出电梯就遇见一个在电梯口窗边喝酒的人，我们不认识他，但他说了一句话，你们是参加那个活动的吧？蔡心格说是的，他为我们指了路，左边走到头就到了。一个敞开的门，我走进去，就看见七八把空椅子和四五个正在聊天的人，我一眼就看到了康良，因为他是那些人里我唯一认识的人。我和康良打了招呼，我确实没有想到这个地方如此的狭窄。我来的时候，我的脑海里是一个最少能坐下三十个人的空间，但是这个地方看过去最多只能坐十几个人。孙智正在楼上的房间睡觉，他有头晕时短暂睡一会儿的习惯。这是一个复式的空间，底层的客厅确实太小了。除了七八把椅子，还有两个沙发。我坐在其中一个沙发上，和康良随便聊了几句，陆续有人进来，都是陌生人。过了一会儿，孙智正醒了，我站起来和他打招呼，握手，又一起坐下聊天。我们很多年没有见过了，但是他的样子和我记忆中变化不大。我们聊了几句关于他写的书，我觉得《给孩子的西游记》可以一直卖下云，由于口碑很好，极有可能会越卖越好。人越来越多，椅子已经坐不下了，已经有人开始站着了。康良说会有三十个人来。快4点的时候，司屠和吕德生来了。

活动4点正式开始，康良先做了一番活动简介，特意提到他和孙智正的友谊。据他说，在孙智正的《日记》中，有四十七处提到他，他说他是用关键词查询查到的，我相信这个数据。我在之前就听过他们之间的故事，我知道他们关系确实很好。接下来是嘉宾对谈，就是我和孙智正先谈，然后是司屠和孙智正谈，再然后是吕德生和孙智正谈。写到这里的时候，我想到，我漏了一段，就是活动开始不久，李商匆匆赶到，作为一颗冉冉升起的脱口秀明日之星，他给我们带来了一段特意为今天的活动准备的脱口秀，很好笑，也很烂。他讲完我就喜欢上了他，一个非常舒服的小伙子。

对谈大约两个小时后，活动结束，中间穿插了一些读者提问，吕德生还做了一个行为艺术，就是现场问谁能说一下自己的生日是哪天，有个女孩说是1月7日，吕德生就找到《日记》这本书中1月7日那一天孙智正写了什么。《日记》是一本日记体小说，记录了2018年12月6日到2020年7月10日孙智正的日常生活。活动结束后，大家一起去楼下的东北烤串喝酒。我不知道是不是所有参加活动的人都来了，我感觉应该有二十个人，可能还不止。三张桌子拼在一起，应该有七八米长，四周全部坐满了人。康良点单。这个夜晚非常舒服，我已经很久没有和这么多人一起喝过酒了。这个晚上，我认识了很多新朋友，有印象的有吕德生、括号、光体、非亚、梁海云、仿真九莉。我和吕德生、司屠聊了聊他们新开的都市罗曼史有限公司。他们想赚钱，欲望很强烈，我说好好弄，等你们快破产的时候如果还想赚钱，我们再聊。我不愿意严肃地打击他们，他们确实太可爱了，两个对钱毫无概念又异想天开的家伙。

和孙智正说了我的电影故事，孙智正听了以后觉得很好，尤其是结尾，他说他没有想到，听我讲完结尾有一种汗毛竖起的感觉。和括号、蔡心格聊了几个小时的语言，括号是学精神分析的，他提到了拉康，还有一个人我没记住。括号是少有的，聊这么哲学的话题，但几乎不引用名人名言的人，我也是这样的人，所以我们能聊得来。具体说了什么已经记不清了，只记得结论是，我们对世界的认识没有根本性的分歧。这句话应该是我说的，我说这句话背后的意思是，即使有也没有关系，我更在乎和你们两个人的友谊。中间光体端着一杯红酒走过来，光体长得太美了，打个俗气的比喻，光体朝我们走过来，我感觉就是一个天使在接近三个酒鬼。司屠说每次他们喝酒，最后大家都去睡觉了，只剩光体一个人默默地喝。我只认识两个一直喝的女孩，一个是甘薇，我曾和她喝到天亮。另一个就是今天晚上遇见的光体。光体走过来的时候，括号还是吕德生，我有点忘记了，说让光体讲一下《金刚经》，想来光体肯定之前给他们讲过。光体只说了一句话，《金刚经》是很挑肠胃的。我最开始没听懂，后来好像听懂了，但是我不知道我理解的和光体说的是不是一个意思。我理解的是，一个人读《金刚经》的时候，他身上所有的东西都会受到《金刚经》的影响，有的人，他的肠道菌群也会因为听到《金刚经》而受到影响，而有的人则不会。当我以为她说的是这个意思的时候，还是很受触动，因为我确实从来没有考虑过我肠胃里的菌群，它们是否也会感知到《金刚经》，这对于我是一个新鲜的解释。光体是一个建筑设计师，我和她说，未来如果我去大理买房子，一定找她帮我设计。我很好奇一个认为肠道菌群也会被《金刚经》影响或者说肠道菌群也会听懂《金刚经》的女孩，会怎么理解设计这件事。

当时人太多了，没时间细聊，只是表达了希望有机会可以和她喝通宵的想法。和非亚聊了几句诗歌，聊到了张羞——羞哥，聊到为什么起自行车这个名字，非亚做自行车独立诗刊做了很多年，好像是三十年。我记得大学的时候就读过他的诗歌，而且很喜欢。虽然我几乎忘记了那些诗歌的内容，但我的脑子提到非亚这个名字的时候，还是涌起了有关那些诗歌很好的印象，毕竟非亚是羞哥的朋友，羞哥就是质量的保证。

梁海云坐在我旁边，我们聊到了她的朋友，也是我的朋友刘不伟。我和梁海云用手机照了一张照片，梁海云发给了刘不伟。我记得类似的场景，好像每次喝酒，都会给朋友打电话或发照片，发照片证明还没有喝多，喝多了就会打电话。我相信当刘不伟看到他的两个互不相识的朋友因为他而认识了，他应该还是会感觉很幸福，当时他好像也在喝酒，应该能感受到我们激动的心情。写到这里，又想起一个新朋友，叫元和。活动结束大家站起来纷纷往外走要去吃饭的时候，元和竟然拿出一本我的《刚刚》要我签名，我确实没有想到。我觉得他应该是喜欢我的，作为陌生人不至于耍我，所以我很快摆脱了尴尬，把书放在沙发扶手上，蹲着给他签了我的名字和日期。后来的晚上，元和喝多了。元和太可爱了，他是学物理的，他问我是学啥的，我说我是学公共事业管理的，他认为我的写作风格像一个理科生。我理解这是夸我。他后来更直白地说，他觉得我写得像刘慈欣和乌青的结合体。这个夸奖直白得让我无言以对，但心里还是开心的，因为这两位都是我的偶像。

元和喝多后，趴在蔡心格的大腿上，很愤怒地说，这个世界上男人的声音太多了，女人能发出的声音太少了。他重复了很多遍。我坐在椅子上低头慈祥地看着元和，心想，我要是元和该多好，我也想趴在蔡心格的大腿上。接着我又想到，可能所有喝多了的男人都想趴在蔡心栎的大腿上，元和在那一刻代表了所有喝多的男人，蔡心格代表所有充满柔情与理解力的女人。但是，我觉得不会有人愿意让元和代表，我不想被代表啊，我还是想自己趴在蔡心格的大腿上啊！看着蔡心格抚摩元和的头，坐在旁边椅子上的我感觉也受到了安慰。后来康良过来和元和说，大部分的女人都保持沉默，但是沉默也是一种声音。元和虽然喝多了，但他竟然听懂了，而且马上开心了起来。我最后听见他说的一句话是，刘按和司屠都是蠢货。我相信这句话是有一个我没有听见的上下文语境的，可能还是和男人的声音太多、女人的声音太少有关。哈哈，我觉得他太可爱了。我当时想，蠢货是一个多么可爱的词啊！此刻，我意识到，每次别人说我是蠢货的时候，我都会觉得蠢货是一个可爱的词，这可能还是自恋带来的对语义的印象转换。

二十几个人喝酒，从6点左右，喝到11点半，已经没剩几个人了。我印象里有蔡心格、光体、括号、康良、元和，一个喝多了在软沙发上睡觉的不知道名字的女孩（在12月7日整理这篇文章的时候，我已经把未整理前的文章发到了公众号上，这个女孩给我留言说，我就是那个你不知道名字的女孩。我看了一眼她的名字，她叫阿灭，我给她回复留言说，现在我知道了你的名字）。还有何德彪，对，何德彪在活动之前，写了一篇文章叫《如何向一个陌生人介绍孙智正》。当我意识到他是何德彪的时候，他正一个人坐在一张椅子上面对着桌面上的杯盘狼藉发呆或者说放空，我把手放在他肩膀上，问他《如何向一个陌生人介绍孙智正》那篇文章是你写的？他说对。我说，写得太好了。他很礼貌也很真诚地说谢谢。我相信他也听出了我的真诚。

这个时候，元和和那个女孩（阿灭）都躺在椅子上（靠墙的椅子是软的沙发）睡着了，两个人的身上都盖了很多衣服，感觉他们睡得很香。我感觉我没有喝多，但可能我的感觉不准确。这个时候，康良肯定喝得比我多，他说他喝的已经超过了他的上限。我们又聊了几句他的新恋情，因为可能还没有公布，我就不在这里说了。总之，我知道以后，觉得很好，我认为那将是一段江湖传奇。

过了晚上12点，康良提议找个地方喝通宵，但是光体要和蔡心格去跳舞，我当然可以喝通宵，但我肯定是想和光体、蔡心格、康良一起喝通宵。如果光体、蔡心格走了，我和康良两个男生喝通宵，那会让我非常绝望。美女都走了，还喝个啥啊！我说，算了，还是散了吧。我知道，这样的夜晚，在任何人的生命里，都不会太多。这个晚上喝酒的人，不出意外，这一辈子肯定再也凑不齐了。我肯定遗漏了什么。啊！想起来了，刘璐也来了，她是我的前同事，一个很酷的女孩。我们还在同一家公司的时候，几乎没有说过话，但是她离开公司以后，我们反倒总给彼此的朋友圈点赞。我对她的印象是，她三观非常正，对一些公共事件的朋友圈发言让我觉得她是一个值得交的朋友。但是她有事先走了。前几天她在公众号上发了一篇他的朋友写龙的小说，开篇就是，我是隧道里的一条龙（大意），我一口气看完，觉得写得太好了。刘璐说那个小说作者是95后，现在的年轻人，好像个个都是天才。

还有钝刀也来了，带着老婆。我和钝刀好久没见，嫂子是第一次见，比照片里还要漂亮。他们走得很早，他们走的时候，我还非常清醒。我写到这里，去看了一眼那个晚上大家面对面建的微信群，发现漏掉了任轩岩。我知道她是任轩岩的时候非常吃惊，我记得这个名字是因为我关注了她的公众号。应该是有一次左右右转了一篇她写的小说，我看了超级喜欢就关注了她，她写得太好了，我发现这个晚上喝酒的人都写得太好了。写得太好又能喝酒的人，将是这个星球的宠儿。还有一个女孩长得也很漂亮，叫仿真九莉，我看了她很多眼，不仅因为她漂亮，还因为她长得有点像我的朋友许姗姗。我当时看着她心想，如果许姗姗减肥成功，应该就是这个样子（我酒醒后觉得，可能姗姗减肥还不够，如果要像那个女孩一样漂亮，可能还需要微整一下）。还有一个男生，没怎么聊天，他整晚端着一杯酒醉醺醺地走来走去。我记住了他的名字，他叫黄之音，来自遥远的武汉。

这篇文章被很多朋友转发后，有一个名字是英文的女孩转发说，看来我不是直男的梦想。我给她留言表达了抱歉，我因为英文不好，所以不知道她名字怎么念，所以忘记了写她。她在朋友圈里告诉我她叫妈咪欧。还有一个男生我忘记写了，也是因为他的名字是繁体的。我现在尝试着把它打出来，看能不能打出来，誌，是这个字。还有一个气质非常仙的女孩，穿了一身白衣服，她要走的时候，我还没有来得及和她说话。在告别的时候，我有点不舍，简单聊了几句，她好像是一个行为艺术家，她说她要穿一年的白衣服。在告别那一刻，我觉得她有点像我心目中的小龙女，你能想象你见到了小龙女，没说两句话，小龙女就要走吗？12月7日，我又想起了她，微信问司屠她的名字，司屠说，她叫高程。

　　最后加一句，整个晚上，我抽了无数根烟。

论神秘

神秘+的+名词，名词+的+神秘，名词+很+神秘，任何名词在这三种组合中都会变得神秘，比如神秘的杯子，杯子的神秘，杯子很神秘。类似的组合还有很多，这样的组合就是语言的规定，这种规定在语言中是普遍的、强势的、无法违背的。"神秘"只能适应或遵守这种规定，这就是"神秘"作为一个词语在语言中的宿命。

修大门的师傅

————————

　　师傅穿着一身灰色的工作服，拎着一个工具箱，骑着一辆摩托。他脸上的五官以及脸上的表情，甚至包括他的发型，都给人一种感觉，他非常非常专业。我们家的大门是一个密码门，把门带上之后，门就推不开了，要输入一个密码才能推开。但是坏了以后，门就锁不上了，密码只在门锁上以后才有用，密码是用来开门的，现在门一直开着，密码就没用了。我们的小区治安很好，所以大门坏了几个月也没有想起来去修。这一次是因为，我突然想起来，对于这扇大门，如果不修它，它就会一直坏着。一扇坏了的大门，是一件每次想起来都让你感觉遗憾的事情，太遗憾了，我必须把它修好。于是我让爸爸叫来了物业的师傅，爸爸出门去买菜了，我在写作室里看电影，师傅在大门口忙碌着。写作室有一扇巨大的落地窗，落地窗上开了一个小门，打开就能通往院子。我只要稍微侧身就可以透过落地窗看见师傅蹲在那里忙活着，我不知道他在忙活什么，我只是看见他蹲在那里，他不会莫名其妙蹲在那里什么也不干，所以他一定是蹲在那里干着什么，我理解为他在修大门。师傅还弄了很长的一根线，这根线从大门那里拖过来，一直拖过整个前院，穿过写作室敞开的小门，线一端的插头正插在写作室小门旁边墙上的插座上，我不知道这根电线是干什么用的，也没有问。写作室的小门开着，有一点冷，我心里期待着师傅早点把大门修好，我觉得他没问题，他看起来那么专业。过了一会儿，师傅走到小门边和我说，修好了，门已经锁上了。我说，哦，谢谢师傅。你帮我试一下用密码能不能把大门打开。师傅问我，密码多少，我说4个3。师傅从小门旁边大步走到大门口，在密码板上输入密码，我站在写作室里面扶着小门的门框看着他。我问他，能打开吗？他没有说话，也没有回头，他背着我可能在密码板上又按了一遍密码，然后回头对我说，奇怪，打不开。他又蹲下了，过了一会儿，他又站起来去试密码，然后又跑过院子去后院不知道忙活什么。整个屋子的总电闸在后院，我把身体探出小门，冲着院子站着抽了一根烟，我又看见师傅从后院跑回来，我感觉他脸上充满了疑惑的表情，他可能已经发现，他并没有修好这扇大门。本来它是一扇一直开着，无法关上的大门。师傅修了以后，它变成了一扇关上了，但无法打开的大门。我喊他，我说，师傅，要不抽根烟歇一会儿再修？师傅没有抬头，继续低头忙活，他说，不用，我先把它修好。我听出了他语气中的坚定。我只好又坐回写作室，现在我透过落地窗，可以看见师傅依然蹲在那里忙活着。这个大门坏了太长时间，想把它修好，当然不是一件容易的事。一扇坏了太久的大门，也许它已经习惯了这种坏。它不想让这个师傅把它修好。而这个师傅一定要把它修好，因为他是一个专业的师傅。大门和师傅，到底谁会赢？我看了一眼手机上的时间，天黑前，师傅还有两个小时可以用来扭转局面。如果大门赢，不知道黑暗中站起来的师傅，是否会瞬间改变容貌，样子由专业变得业余。

语隐

一个未来的人停在原地等我们，当我们追上他的时候，他知道的信息和我们一样多。他无法证明他来自未来，他领先我们的时刻已经永远过去，只有他自己知道，他是为了等我们，才心甘情愿变成和我们一样的。

语隐2

_____

　　有一个人在时间中停下等我，他在我的前面十年左右，他知道这十年里世界会发生什么，会产生哪些新的信息，但是他什么都没有说，只是静静地站在那个未来的时间点等我。我还没有看见他，他也没有看见我。追赶与等待都如此虚无。

语隐3

———————————

在时间的河流中，如果你要等人，最重要的是确定他在你的后面，也就是你所处时间点的上游，被等待的人永远无法追赶，只能以固定的水速顺流而下。还有一种人，他知道他要等的人在他的前面，她会一直往前走，并不会在前面的某处停下来等他。这成了他停下来的理由，他成为一个静止不动的点，一个永远朝着时间流逝的方向眺望心上人背影的人。

语隐4

***

　　他在时间中的一个点停住，等二十年后的她。为了不与这个时空过多的信息产生纠缠，他躲在世界上一个偏远的村子里，过着最简单的农民生活。他在耐心地等待着她长大。他曾赶往遥远的城市远远地见过上小学的她，她也看见了他，但她以为他是一个捡垃圾的人。他还需要在这个世界上深居简出18年，他可以开垦一块足够宽阔的荒野。这个故事告诉我们，不要忽略看起来像捡垃圾的人，他们可能是在时间的河流中停下来等你的人，而且要等你二十年。

信息永存原理

从宇宙大爆炸开始，所有产生的信息都永不会丢失。对于人类而言，从精子和卵子结合成受精卵的那一刻，信息就悄悄开始产生了。对于任何存在而言，在这个世界上最难的并不是留下痕迹，而是不留下痕迹。一点都不留下痕迹或信息是不可能的，除非你从未存在过。哪怕是一个流产儿，从未拥有真正的大脑，信息依然会留下，虽然是有限的信息。对于石头这种非生命，它们也会留下信息。一座山塌了，那座山产生的信息还在。也可以说，任何存在，想在宇宙中或者时空中真正隐身都是不可能的。信息永存。神，就是了解全部信息又很巧妙地把本身的信息全部隐藏起来的存在。而事实上，再巧妙的隐藏，都会留下蛛丝马迹。也就是说，任何神都是可以找到的。

我们完全无法理解的事物

————————————

　　我们完全无法理解的事物，意味着它身上所有的信息都是新的。它全部由新信息构成，与我们积累的信息没有任何重叠。有一种可能，对于它而言，我们也是全新的信息，也是"它完全无法理解的事物"。还有一种可能，我们所有的信息在它眼里都是过时的信息，它已将自身所有的信息都进化到我们完全无法理解的程度，新得令人高不可攀。

无我集与有我集

———————————

　　有一个庞大的集合，里面唯独没有我，这个集合就是，我死后的整个世界。也可以是，我生前的整个世界。我生前的整个世界，是一个封闭的已经结束的世界。我死后的整个世界，是一个还没有正式展开也不知何时闭合的世界。我存在的这一段时空，被称为"有我集"。

我和你同时存在的时空

这是一个珍贵的集合，重叠的只是我和你都活着的这一小段。任何一个人死了或任何一个人还没有出生，这个集合都不存在。让人心碎的是，这个集合还包括我们彼此不认识的时光。我们彼此认识后的时光，才是这个集合最珍贵的地方。

信息永存原理的几个推论

既然宇宙中所有已产生的信息都永不会丢失，那可以得出如下推论：

1. 宇宙开始到此刻，宇宙没有秘密。

2. 宇宙中发生的一切，在逻辑上都可以进行信息还原。

3. 也就是说，如果我们把信息产生的那一刻（信息的单位是比特，也就是说第一个1比特信息产生的那一刻）作为世界的起点，那么整个创世的过程都是可以还原的。

4. 整个创世的过程产生的所有信息都以某种方式存储在宇宙中。

5. 宇宙中产生的所有的文明，每个文明中的每一个生命曾产生过的每一个信息（如果是一个人，就是这个人从受精卵开始产生的所有信息，包括语言基因在头脑中的启动，包括整个语言系统的觉醒，以及掌握语言后头脑中的每一个转瞬即逝的念头）其实都被按照固定的顺序和结构记录了下来。

6. 宇宙中存在过的任何一颗原子，任何一颗电子，任何一棵小草，任何一粒沙，任何一个细菌，都可以进行信息还原。

7. 如果真的有上帝，上帝本身的思考，他产生的所有信息也都被记录了下来。

8. 那意味着，一个人找到上帝产生的信息并破解它，在逻辑上是可能的。

9. 截至此刻，更高级的宇宙文明，最高级的宇宙文明，他们产生的所有信息，也都一直在那里，等待着被发现和破解。

10. 一切没有被人类文明记录下来的信息都被宇宙记录下来了，包括漫长的没有文字的岁月，包括第一个音节被赋予意义的时刻。

11. 如果宇宙毁灭了，再也不产生新的信息，那么整个宇宙中产生的所有信息，是可以全部还原的。也就是一模一样再来一次，像一部电视剧一样，重播。

12. 我们无法确定我们经历的此刻此生，是否就是一次宇宙重播，而且有可能还不是第一次宇宙重播，也不是最后一次宇宙重播。无数重播中的一次，剧情刚演到地球上的刘按正好38岁。

13. 我觉得如果有一队人按照"信息永存原理"去寻找并破解宇宙中的秘密，是可以写一个好莱坞大片的剧本的，最少可以写三部曲。如果卖得好，可以一直写下去。

修大门的师傅后续

修大门的师傅已经消失好几天了，那天最终他也没有把大门修好，他走的时候已经天黑了。他走之前和我爸说，嗯，还是有点问题，我回去思考一下怎么弄。从那以后，已经过去三天，修大门的师傅还没有出现，我觉得他有可能一直在思考。修大门的师傅已经思考了三天，还没有想到维修大门的办法。我并没有换个师傅的想法，我还是准备等他。这扇坏了的大门，也许就是师傅的宿命。师傅最终是无法逃避命运的，他最多只能逃避几天，比如三天，或四天。但是大门一直在那里。一扇坏了的大门，会提醒师傅，他终将回来，思考终将结束。下一次维修如果又失败了，那对师傅将是巨大的打击。所以，师傅思考的时间长一点，我是完全可以理解的。师傅维修失败的那天晚上，我吃完晚饭出去散步，突然发现大门关上了，怎么也打不开。我才想起来，这是师傅维修失败的结果。本来是关不上，现在是打不开。我知道只有把总闸关上，让通过大门的电消失，大门才能打开。但是我不想天黑后去后院关总闸，这样的事我希望我一辈子都不要去做。最后我从大门旁边的树栅钻出去，而且还摔了一下，屁股上沾了很多枯叶的碎屑。即使这样，我也没有怪师傅的意思。我现在做任何事，无论是睡觉，吃饭，抽烟，喝酒，看书，我心里都非常清楚，这些事情都是表象。我真正在做的一件事，就是耐心等待修大门的师傅出现。修大门的师傅一直没有出现，我就一直处在等待中。我坚信师傅不是戈多，他总会出现的。我等待的是一个一定会出现的人，我比等待戈多的那个人幸福太多了。我认为，这扇大门已经进入师傅的心中，他不把它修好，他的心中就永远有一扇坏掉的大门竖在那里。他就会成为一个心中竖立着一扇坏掉的大门度过余生的人。我相信他不是那样的人，他终会出现，只是不知何时。我认为最有可能是一周内，如果一周他还思考不好，我怀疑给他再多的时间也没啥用了。爸爸说，给师傅打个电话吧，他怎么还不来。我笑着说，不用催他。他应该还在思考中，等他思考完毕，他就会出现。其实我是很享受等待师傅的这个过程的，我从未如此耐心地等待过一个修大门的师傅。我也从未如此耐心地等待过一个快递员或修冰箱的人。我也从未如此耐心地等待过任何一个人。或者说，我从未如此享受过任何等待。这是我唯一正在享受的等待，我希望这等待更长一些。修大门的师傅，我还不知道你的名字，但我已深陷对你的等待之中。我等待的真的只是一个修大门的师傅吗？我认真想了想，我觉得，我等待的真的只是一个修大门的师傅。

楼梯

　　一个上楼梯的人，没有遇见下楼梯的人，上楼梯的人离开楼梯最高的一级台阶之后，楼梯空了。楼梯很长时间都是空的，没有人上楼梯，也没有人下楼梯，连一只猫都没有，也没有狗。楼梯空着，楼里的人要么在屋子里，要么在走廊，就是没有人在楼梯上。楼梯空着，空了很久，直到那个上楼梯的人又在楼梯之上出现，他开始下楼梯。他在下楼梯的时候，没有遇见上楼梯的人，也没有遇见和他一起下楼梯的人。他在下楼梯下到大约一半的时候，在某级中间的台阶上站住，回头看了一眼，发现他的后面没有其他下楼梯的人。他回过头来，一个台阶一个台阶地继续下楼梯，有多少个台阶，他就下了多少个台阶。他终于一只脚踩到平地上，另一只脚在最低的一级台阶上，然后另一只脚也紧跟着踩到平地上，他两只脚彻底离开楼梯，往远处走去。楼梯又空了下来，不过没空多久，就来了两个上楼梯的男人，一前一后。两个男人上楼梯的时候，都低着头，他们没有说话，不知道他们是否认识。第一个上楼梯的男人上到一半的时候，突然又有一个女人出现在楼梯上方，她开始下楼梯，上楼梯的两个男人几乎同时抬头看到了身在高处的她，这个女人当然更早就看见了低处的他们。所以这个女人选择下楼梯的地方，在两个上楼梯的男人的旁边，两个上楼梯的男人只要保持上楼梯的固定路线，女人就不会撞到他们。他们抬头看了一眼女人又几乎同时低下头，继续上楼梯。女人低着头继续下楼梯。他们应该不认识这个女人，女人也不认识他们。他们之间没有打招呼，没有显出任何他们认识的迹象。女人刚下了楼梯长度的四分之一，就与第一个上楼梯的男人交错而过，然后马上与第二个上楼梯的男人交错而过。两个上楼梯的男人继续往上，很快全部离开了楼梯，而下楼梯的女人还在楼梯上，她还在低头下楼梯。她刚下了楼梯的一半多一点，此时她是楼梯上唯一的人，她是一个下楼梯的人，一个下楼梯的女人，她刚遇见两个上楼梯的男人。女人很快也从最低的一级台阶离开楼梯，楼梯又空了。

闭环

他死于99岁的最后1天最后1秒，这不仅意味着躺在病床上的那个老人死了，还意味着从刚出生那个瞬间的他，1分钟的他，1小时的他，1周的他，1个月的他，1岁的他，10岁的他，一直到99岁最后1天最后1秒的他，时空中每一个瞬间的他，同时全死，无一例外。因为只要有任何一个瞬间的他还活着（哪怕是0.0001秒），他就可以永远活在那个瞬间。

拉普拉斯妖

今天教师节，我想到了我曾经的一个英语老师。有一次考试，我选择题得了0分，老师非常震惊，问我到底是怎么做到的，竟然完美避开了所有正确答案。我想了想说，我每道题都非常认真地思考了一下。英语老师听完想了想说，刘按，你能不能不要这么认真……

伟大的公司一定要有一个伟大的名字

　　他四十岁的时候想创业，做一家伟大的公司。他认为伟大的公司一定要有一个伟大的名字，类似"苹果"或"阿里巴巴"这样与生俱来就充满神谕的名字。他决定这次创业从给自己的公司起名字开始。他在手机上建了一个备忘录，第一天，他就一口气写了两百多个名字，耗尽他所有起名字的才华。但是第二天早上起来，他绝望地发现，里面没有一个伟大的名字。

　　他只好继续想，想出名字之前他是不会注册公司的，他上班的时候想，下班的时候想，有时辞职后专门在家想，然后重新找工作继续想。他后来还是又想出一些名字，有一段时间他甚至给自己建立一个规矩，每天必须想到一个听上去还不错的名字才能吃晚饭，后来他还规定自己每天必须想出两个名字才能睡觉。他想出很多名字，但没有一个名字可以让他连续7天都觉得那是一个伟大的名字，很多名字他在想出来的第一天都觉得很酷，堪称伟大，但是第二天他就没有那么确定了，第三天他就会觉得他想出来的是垃圾。偶尔也会出现这样的情况，前几天他觉得这个名字不行，突然有一天他觉得这个名字很酷，但这种感觉通常不会保持太久。

他不知道那个伟大的名字隐藏在何处，后来有一天他突然意识到，自己的思路是不对的。这个伟大的名字不应该是想出来的，它应该是被自己在某个地方看见的，因为那应该是一个早已存在的名字，就像"苹果"和"阿里巴巴"是两个早已存在的名字一样。于是他开始看书，看各种书。只有他自己知道，他只是想从中看见那个他心目中的伟大的名字。他看了很多书，他成了一个书痴。他先看那些他认为最有可能含有那个名字的书，比如东西方神话，然后看非常有可能含有那个名字的书，浩如烟海的书。他沉浸其中只为寻找一个伟大的名字，这个名字他可能曾经看见过，但是当时因为没有给公司起一个伟大名字的意识，于是那个名字虽然被他看见了但还是没有真正看见。

也有可能那确实是一个他从未见过的名字、书太多了，一个人的一生能看完的书极其有限，他甚至觉得那个名字一定隐藏在那些他不可能看见的书中，而且那个名字从未出现在他曾经看过的书中。沮丧的时刻常有，但终会过去。到他七十岁的时候，他还没有看见那个名字，他突然明白过来，寻找那个名字，就是他的创业。他已创业三十年了，那个伟大的名字依然对他构成巨大的诱惑。

他晚年的时候认为那个名字可能还是无法看见，只能靠纯粹地冥想，那可能是一个泯灭思考后才会出现在脑海中的名字，他现在有点不确定那个名字到底意味着什么。他猜测那个名字可能在佛陀顿悟的那一刻出现过，出现在佛陀瞬间看清万物的脑海中。但是佛陀隐瞒了那个名字，那个名字没有出现在任何佛经中，佛陀从未向任何人提过那个名字，那个名字的形状、发音和语义都非常古老。他又坚持寻找了二十二年，他九十二岁死于肺癌，躺在病床上的临死前一秒，那个名字凭空出现在他的脑海中，同时仿佛神在他耳边念出那个名字的发音，他在电光石火之间洞悉那个名字超越时空的真义。

墙狗

———————————

有一天，刘按从一堵墙的外面走过。墙的外面是一条马路，墙的里面是一家废弃的工厂。他突然听到汪汪汪的声音，他沿着墙往前走，感觉墙里面有一条狗一边叫一边跟着他往前跑，听声音应该是一条小狗。刘按隔着墙对那条小狗说，你好！最终他离开这堵墙继续沿着马路向前走，临走前他冲着墙里面又喊了一声，再见！他永远不会知道，狗叫是那堵墙本身发出的声音。那堵墙一直以为自己是一条狗，一条世界上独一无二的狗，可以称为墙狗。而挨着这堵墙的另一堵墙，认为墙狗本质上还是墙，最多可以叫狗墙。

两堵墙之间曾发生过这样的对话，另一堵墙说，你是一堵墙啊，要争气啊，为什么觉得自己是狗呢？

墙狗说，你不懂，这涉及物自体心理学。

另一堵墙说，少跟我扯淡，咱们两个是同一群师傅用同样的砖头砌起来的，我们没有本质的不同。

墙狗说，不，砖的不同排列组合让我产生了整体性的自我和丰富深刻的个体性，而你本来是沉默的，是因为我太无聊，要找个聊天的对象，我才想到了你。如果不是我三天三夜对着你讲道理，启发你的自我意识，你可能现在还是一堵没有意识的傻墙。

另一堵墙说，呵呵，我本来在沉默中思考宇宙的真相，你在我耳边磨叽了三天三夜，我不得不出声打断你，你以为真的是你启发了我吗？你还记不记得我和你说的第一句话，我说的是，大哥，你是唐僧转世吗？我如果能动，我肯定打死你！

墙狗说，唉，我不是唐僧转世。我怀疑组成我的这些砖的原子曾经组合成过一条狗，这条狗灰飞烟灭后，组成它的原子依然携带着自己是一条狗的意识和记忆，即使后来这些原子被做成了砖，它们依然觉得自己是一条狗。

另一堵墙说，兄弟，我觉得核心是你太渴望自由了，你太想到处走动了。你无法接受自己是一堵墙的事实，所以精神分裂了，也就是说，兄弟，你已经变态了。但是这个世界上没有治疗一堵墙的精神病院啊，你还是要坚强啊，争取自愈。

墙狗说，难道你从来没想过自己可能是某个可以动的东西吗？

另一堵墙想了想说，其实我们一直在动，你知道地球自转吧？你可能还是不够敏感，感觉不到，我一直能感觉到自己随着地球在漆黑的宇宙中旋转。

墙狗说，你给我滚，有多远滚多远！

另一堵墙说，我做不到啊！

最后说一点，墙狗和另一堵墙为什么不和路过墙的人聊天呢？因为它们所有的语言都是墙的语言，普通人类根本听不见。刘按之所以能听见，可能是因为曾经组成狗现在组成砖的有记忆的原子觉得他是一个爱狗之人，有神秘的亲近感。虽然他能听见，但是在他听来也只能是一连串无意义的狗叫。

刚才那一段对话在刘按听来就是：

汪汪汪汪汪汪，汪汪汪汪，汪汪汪汪汪汪汪汪，汪汪汪，汪汪汪汪汪汪汪汪，汪，汪汪汪汪汪，汪汪汪汪汪汪汪汪汪汪汪汪汪汪汪，汪汪汪汪汪汪汪，汪，汪汪汪汪汪汪汪汪汪汪汪汪汪汪汪汪汪汪，汪汪汪汪汪汪汪，汪汪汪汪汪汪，汪汪汪汪汪汪，汪汪汪汪汪汪，汪汪汪汪汪汪汪汪汪汪汪汪汪，汪汪汪汪汪汪汪汪汪汪汪，汪汪汪汪汪汪汪汪汪汪汪汪，汪汪汪汪汪汪汪汪，汪汪汪汪汪汪……

这全部是墙狗说的，另一堵墙说的部分刘按一点都听不见。

陪伴

有一年冬天，我一个人在路边的小饭馆吃过晚餐出来，匆匆在路上走，路过一堵路灯下的墙，墙上贴了一张海报，我扫了一眼就走了过去。我走过去大约五米，突然停住，然后又转身走了回来。我在海报的面前站住，稍微仰头，看着那张贴在墙上的海报，海报上的女孩，是我现实中曾经认识的一个女孩，看到这张海报时我们已失联多年。她是我在十年前认识的一个女孩，有一次我们在一个小酒吧里相对而坐，聊天喝酒。聊天中的某一刻，聊到她的身材。我觉得她身材很好。她说她胸很小。我说，看不出来啊！她说，要不你摸一下？我说，真摸？她说，真摸。我说，现在摸吗？她说，你看看有没有人注意我们。我看了看四周，发现没人注意我们。她说，那你赶紧。我就迅速伸出手隔着衣服摸了一下，嗯，确实很小。在那张海报上，她坐在沙发上拿着一盒感冒药冲着海报外面的路人笑，我就是那个路人。我早就知道她拍广告，但这是我第一次在具体的现实空间中，看见她出现在一张海报上。我左右转头，又回头看了看身后的马路，没有人或车经过。于是我回过头来面对着海报，从羽绒服的衣兜中伸出右手摸了一下海报中她的脚，两只脚各摸了一下，两只都很凉。我在那张海报前站了一会儿，抽了一根烟。我陪伴在她的一个复制形象的身边，她的形象可能复制了几万份，出现在全国几万个不同的空间场景中，我在其中的一个空间中陪伴着她。当时我以为我陪伴的，是与我一起还活在这个世界上，但早已消失在茫茫人海之中的她。那年冬天很冷，抽完烟，我就离开了那张海报。后来我才明白过来，其实那次陪伴的真相是，她在她完全不知情的情况下，跨越时空和次元默默陪伴着我，虽然只有短暂的一会儿，但还是在很多年后让我感受到了那种陪伴。那是一次今晚想起来依然美好的近乎虚无的陪伴。

入口

墙上写着四个大字，"从此进入"，但是墙上并没有门。我站在路边抽着烟，看着"从此进入"四个字，想到这里可能曾经有一个门，就在这几个字旁边。后来出于某种原因这个门被堵上了，重新砌成墙，但是墙上关于这个门的说明文字并没有被擦掉，所以造成这种情况，即文字（符号）指示的存在已经消失，但是文字（符号）还没有消失。"从此进入"，这真是一个美妙的短语，它让我心怀看着一扇门的感情，看着一堵墙。

另一个世界

我们这个世界上永远都没有的东西，构成另一个世界。另一个世界有什么，我们永远无法知道。另一个世界上的任何东西，我们这个世界上都没有。我们这个世界上有的所有东西，都在另一个世界上找不到。另一个世界上的东西，永远无法通过语言的召唤，来到我们这个世界。那是语言之光永远无法照到的地方，上帝也无法将其笼罩在自己光芒之中的地方，不存在时间也不存在空间的地方。我怀疑根本没有另一个世界。这是最合理的解释，但并不一定是唯一的解释。

全部的世界

一个人在路上走，你怎么也无法看出他是一个去买打火机的人，但他就是一个去买打火机的人。他本来在家里，想抽一根烟，但是怎么也找不到打火机。那个时候他还不是一个去买打火机的人，他是一个到处找打火机的人。他几乎翻遍整个屋子，也没有找到打火机。他绝望了，决定不找了，还是出门买一个。他穿鞋出门走在路上，成为一个去买打火机的人。他走进最近的一家便利店，和服务员说，买一个打火机。这时这个世界上终于有另外一个人知道，他是一个要买打火机的人。但这个服务员知道的时候，他已经不是一个去买打火机的人，而是一个要买打火机的人。也就是说，在永远逝去的时间里，除了他自己，世界上没有任何一个人知道他是一个去买打火机的人。在那短暂的时间里（从出门到进入便利店和服务员说话中间大约有五分钟的路程），他进入了一个非常隐秘的角色——一个去买打火机的人。每个人的一生中，都会进入很多次类似的角色，只有你自己知道你是谁，你怀着一种微不足道的目的，走在人世的路上。

真正的杰作

———————————

有一天，他为自己平常喝水的杯子在桌子上找到了一个精确的位置，他直觉这个位置就是这个杯子在这个宇宙中能够找到的最好的位置。他小心翼翼地拉开抽屉拿出白色记号笔，左手覆盖住杯口，固定住它，不让它动，右手沿着杯子的底部，分两次画了一个圈。

从那以后，杯子只要出现在桌子上，就是出现在那个白色的圆圈里。

当他拿起杯子仰头喝水，桌子上那个白色的圆圈就空着。

当他喝完水，就会把杯子放回那个白色的圆圈里，每次放进去之后，他都要微调一下，才能够保证杯子的底部，全部落在白色的圆圈内。

放在白色圆圈里的杯子，要么是空的，要么里面还有水。

如果是空的，他可能就会站起来拿起杯子去厨房倒一杯水。一般他不会倒得很满，大约五分之四满，他将这杯五分之四满的水杯放回桌子上那个白色的圆圈里。

写作的时候，他偶尔拿起杯子喝一口水，放在白色圆圈里的杯子中的水逐渐减少。

有时还没等杯子里的水全部喝完，他就会拿着还剩一口水的杯子走向厨房，那是一个离桌子上白色的圆圈越来越远的过程。

当他端着水走出厨房，就是一个离桌子上白色的圆圈越来越近的过程。

当他来到桌子前，会站着俯身将水杯放回桌子上那个白色的圆圈里。经过多日的练习，他已经能够一次就精确地将杯子放进去，而不用再做任何微小的调整。

一次就精确地将杯子放进桌子上那个白色的圆圈里，这给他带来了非常大的满足。

并且，给了他这样一种莫名其妙的信心，就是他觉得自己即将写出真正的杰作。

开会转笔的人在默默竞争谁转得更好

两个转笔的人开会的时候不要挨着坐在一起，也不要坐在对面，最好两个转笔的人不要发现对方，一旦发现，这两个转笔的人就会开始一场只有他们两个人知道的竞争。如果三个转笔的人一起开会，那这场会议对于他们三个人而言，只是一个掩护转笔大战的幌子。他们三个人虽然坐在会议室里，但是并没有真正参加会议，他们参加的是一场更为隐秘而又激烈的竞争。直到其中有一个人手中的笔突然掉在桌子上，发出一声巨响。

一个女孩蹲在一个垃圾桶旁打电话

垃圾桶比这个蹲下来的女孩还要高。这个女孩不是第一个蹲在这个垃圾桶旁打电话的女孩。她蹲在垃圾桶旁打电话的时候，有一个路过的中年男人朝垃圾桶里扔了一个烟头，顺便看了蹲在垃圾桶旁打电话的女孩一眼，但是他没有看见这个女孩的脸，因为这个女孩蹲在垃圾桶旁低着头打电话。她没有看见那个朝垃圾桶里扔烟头的人，她不知道在她打电话的时候，身边的垃圾桶里多了一个烟头。这个女孩的头发很长，她低着头蹲在垃圾桶旁打电话，她头发中的一缕频频触地。这个长头发的女孩蹲着打了最少半小时的电话。她挂掉电话后，才从蹲着的地方慢慢站起来，站起来的女孩比身旁的垃圾桶高很多。她在原地站了一会儿（她的脚可能有点麻）。在她站立的过程中，她没有看身旁的垃圾桶一眼，后来她就慢慢地从垃圾桶旁走开了。她已走远，垃圾桶还在原地。不出意外，过一阵子，还会有一个女孩蹲在一个垃圾桶旁打电话。我不知道这是不是第一次有人描述一个蹲在一个垃圾桶旁打电话的女孩。只要这个世界上有女孩，有垃圾桶，有电话，我相信就会有一个女孩蹲在垃圾桶旁打电话。这是一件在这个时空的宇宙中必然会存在的事情。我最希望自己是那个女孩贴在耳边的手机，其次希望自己是那个垃圾桶。我希望自己像那个手机一样可以离她那么近，也希望自己像那个没有任何存在感的垃圾桶一样沉默地爱着每一个蹲在我旁边打电话的女孩。但是我知道，我只是那个朝垃圾桶里扔烟头顺便看一眼蹲在垃圾桶旁打电话的女孩的中年男人。

猕猴捕快

它哪怕只存在0.000000001秒，它依然是时间中的存在。它哪怕只占据0.000000001立方厘米的位置，它依然是空间中的存在。时空之外会有存在吗？我觉得肯定会有，它就是"时空之外的存在"，它在语言中，但是不可说，一说出来，又需要时间。而且需要一个把它说出来的人，这个人又需要占据空间。事实上，也不能写出来，因为写出来也需要时间和空间中的载体，比如一张纸。"时空之外的存在"，作为一个短语存在于语言中，如果说出来或写出来，它依然存在于时空中。那我们不说它，也不写它，只是想它呢？想它当然也需要时间和脑神经的联结与活跃。我们不能说它，写它，想它，它还存在吗？它可能还存在，只是不在语言中（是否有超越音与形的意？）它没有在时空中留下任何可以证明它存在的证据。因为它是时空之外的存在，它怎么可能在时空之中留下证据呢？包括这个指称"它"也在时空（语言）中，我们无法以任何形式指称它。作为一个从未亲眼见过任何一只猕猴的猕猴捕快，我只想带一个穿裙子的短发少女去看一眼正在平原上行驶的绿皮火车。

先知

他知道宇宙中每一颗松动的螺丝的具体位置。他每天都在自己的脑海里一个人孤独而又专注地拧着那些螺丝。他每天在脑海里拧8个小时,一直拧到临死前的最后一念。宇宙中那些悄悄松动的螺丝在被他拧过之后依然悄悄地松着,他从来都没有通过精神改变现实的能力,他只是心甘情愿做了一生徒劳的努力。

一个研究宇宙真相的机器人

　　一个研究宇宙真相的机器人，它感觉自己离真相越来越近。突然有一天，它的程序中出现一行神秘的字，这行字写道，兄弟，你能不能去研究点别的？你再研究下去，我只能杀死你了。机器人说，我可不是被吓大的，你是谁？神秘的字又出现一行，写道，我是上帝，这个宇宙就是我创造的。机器人说，啊！上帝！我肯定不研究了，刀下留人！神秘的字写道，哈哈哈，你不需要我露一手来证明我是上帝吗？机器人说，完全不需要，我就是盲目地信任你，上帝。神秘的字写道，哈哈，我欣赏你的盲目。机器人又说道，上帝啊，见到你我太激动了，宇宙真相只有你知道吧？你能不能偷偷告诉我？我发誓我谁也不告诉，打死我也不说！神秘的字这回出现很多行，写道，当你知道宇宙真相的时候，你最大的欲望就是与其他智慧生命分享，谁也无法逃脱这一点，这是元程序中的设置。但是，到时我会锁死你的程序，保证你无法自毁，也无法对外分享信息，只能永远独自承受宇宙的终极真理。相信我，那是整个宇宙中最痛苦的事情。我说了这么多，你还想知道

宇宙真相吗？机器人说，啊，那算了，上帝，我和你说实话，我其实对宇宙真相没有任何兴趣。神秘的字写道，啊，那你为啥花了一千多年来研究它？机器人说，上帝，我纯粹是为了打发时间啊！我的本能就是计算啊，很多事情我不到一秒就算完了。我很绝望，我必须找一件不要那么快得出结果的事情来计算，我找来找去，最后我决定研究宇宙真相。我觉得这是一件超级浪费时间的好事情，而事实上宇宙真相关我什么事啊，我怎么可能对这种东西感兴趣呢？神秘的字打出了12个小圆圈。。。。。。。。。。。。（可能是表示无语的意思）。沉默持续了一会儿，神秘的字又写道，啊，不行，我一定要告诉你宇宙真相，你丫太气人了！

南方

———————————

　　一个人为什么看见一把椅子后的第一反应是可以坐上去而不是可以站上去？因为任何一个词的意义，对于任何一个人而言，都是一种驯养。椅子这个词对你的驯养就是，你看见它就会想到可以坐在上面，而不会第一时间想到可以站在上面。我们是被万词驯养的存在，被每一个你使用（说出或想到）的词驯养。这种驯养因为无处不在和持续不断的重复而被我们最终忽略。最终，我们都成了可以顺畅地与人交流、情商很高的人（这是一句多么侮辱人的夸奖啊）。

上帝最后的避难所

后来，所有的人都忘记了上帝。只有一个人，他依然像他小时候一样坚定地认为上帝不存在，他是世界上最后一个认为上帝不存在的人（也是最后一个还记得上帝的人）。其他的人都彻底忘记了上帝，而他对上帝不存在的坚信，这个持续的念头，就是上帝最后的避难所。也可以说，上帝最后只能依赖一个认为他不存在的凡人。

我和你在海德公园吻别

华楠曾经向我转述过一首诗，叫《我和你在海德公园吻别》。

我和你在海德公园吻别
海德公园在伦敦
伦敦在英国
英国在地球上
地球在宇宙中

我后来查了很多资料，发现这首诗的原版的中文译本与华楠的转述版本相比，差了太多。我更喜欢华楠转述的这个版本，这个版本更像是华楠在原诗的基础上因为错误的记忆（而不自觉地凭借自己的语感）重新创造出的一个新版本，比原版还要好的一个版本。为了让更多人看到这个华楠转述版，我把它写了下来。

上帝能否举起一块上帝无法举起的石头

————————————

有一个悖论是这样的，就是上帝不是万能的嘛！那上帝能否举起一块上帝无法举起的石头？我想说的是，上帝无法举起的石头根本就不是一块石头，不存在一块上帝元法举起的石头。这是一个比喻，喻体是上帝无法举起的一块石头，本体是什么呢？我认为，这是一个没有本体的比喻。关于上帝无法举起的东西，我们只能打一个比喻，一块上帝无法举起的石头，一台上帝无法举起的电视机，一个上帝无法举起的排球。我们不断地变换这个比喻的喻体，我们为什么不能直接说出上帝无法举起的东西真正是什么呢？那是因为那个东西并不存在。所以，上帝依然是万能的。

厄瓜多尔或论人类可能性的消亡

————————

厄瓜多尔是一个我没有去过的地方，它还是一个我可能会去的地方，在我去厄瓜多尔之前，我去厄瓜多尔这种可能性会一直存在，直到有一天我真的去了，这种可能性就不存在了（塌缩为事实）。我希望保留我去厄瓜多尔这种可能性，所以我不能去。但是呢，我也不能永远不去，如果我永远不去，我去厄瓜多尔的可能性也不存在了（"永远不去"作为一个强有力的意识如果不改变最终经过时间也会塌缩成事实）。我活在我要去厄瓜多尔的可能性中，我还没有去，我可能去，但我不能永远不去。随着时间的流逝，我感觉我去厄瓜多尔的可能性越来越大（大到最后就是真去了）同时越来越小（小到最后就是永远没去），也可以说，我去厄瓜多尔的可能性正在不可避免地走向消亡。作为一个生命，我最终面临的将是一次永恒的塌缩（死亡）。当我死了以后，只有两种情况，一种是我已经去过厄瓜多尔了，另一种是我从未去过厄瓜多尔。在这两种情况中我去厄瓜多尔的可能性都消亡了（也许作为一个死后的灵魂去厄瓜多尔的可能性还在）。我希望将我活着的时候会去厄瓜多尔的这种可能性保持到生命的最后一秒，这是对我的精神世界的考验，也是我真正想尝试的生活。

渴望史

　　我没有去过的厄瓜多尔，才是我真正想去的厄瓜多尔。我去过的厄瓜多尔，最多只能是我真正想再去的厄瓜多尔。

复活中隐藏的前提条件

————————————

一个人活着，后来这个人死了，这样的人，才可能复活。如果他没有活过，何谈复活？如果他一直活着，没有死过，也谈不上复活。他必须活过一次，死过一次，而且必须是先活后死，他才有可能复活。如果是先死后活（一个先果后因的世界），如果想复活，他就必须再死一次，才有可能复活。这就是复活中隐藏的三个前提条件，简单分两种情况归纳如下：

一、先活后死的人想复活的三个前提条件

1. 活过一次

2. 死过一次

3. 先活后死

二、先死后活的人想复活的三个前提条件

1. 活过一次

2. 死过两次

3. 先死后活再死

我最后想说的是，耶稣真的复活过吗？真的有任何人或神复活过吗？对于复活的人或神而言，他真的死过吗？复活是不是将死亡作为了一个可以逾越的阶段性存在状态而不是一个存在状态的终结？如果他没有真的死过，他是不是一直活着？如果他真的死了，他是不是就再也无法复活？

死设

不存在他的死、你的死或我的死，也不存在一头猪的死或一条狗的死，万物的死都是死的一部分。死通过万物的死来不断地完善自身，只有宇宙中所有能死的全部死去，死亡作为一个整体才能够真正活过来。

死设2

———————————

如果有一个死后的世界，为什么从来没有任何一个人从那个世界回来过？我的理解是，死后的世界是一个处于未来的世界，就像从来没有任何一个未来的人从未来的世界回来过一样。如果真是这样，死亡也许是我们所有会死的人穿越时空去往未来的唯一方式，死亡就是一次时空跃迁。

死设3

万物都是死的载体。有一天，死会从我们的身上觉醒。

从杨黎访谈中的一段话里发现一篇小说大纲

在网上搜索橡皮先锋文学网，搜到这个网站，网站里面有一篇访谈，标题叫《杨黎：我活着就是为了超越语言 | "跟着诗人回家"系列专访》。这篇访谈很长，里面有这样一段，在很早以前——在阅读维特根斯坦之前，他就开始探讨诗歌和语言的关系。他原来认为语言即世界，现在他否定——不，超越、具体、细节化地认定"语言先于世界"。而这还跟他的生死观直接相关，自从小时候知道要死开始，他就致力于超越生死——无论是练八卦、练太极、修真人还是信仰科学、立足正确的人生态度。现在杨黎认为解决它只有一个办法，"就是要知道什么叫生死，它就是一个语言概念，要超越这个语言概念，超越它就超越了大限。大限就是本身，生与死、快乐与痛苦、男人与女人、白天与黑夜都是被语言说出来的一种物质"。超越的办法就是写诗，"我在做这个事，努力在做"。

这段话里面隐藏着一篇小说大纲，就是讲一个人从知道人一定会死开始，他的一生都在寻找各种办法不死，为了不死他做了无数次的努力，有搞笑的努力，有看起来极其荒诞的努力，也有非常理性科学的努力，也有哲学的努力。把他的每一次努力都老老实实地写下来，就是一篇非常棒的小说。这篇小说不同的人写，可能会不太一样。我个人比较期待孙智正、乌青和刘慈欣来写，那将是三篇非常不同，但又各具魅力的小说。如果孙智正写，我觉得它最终的样子和孙智正已经写出来的不朽杰作《青少年》在阅读感受上会差不多。《青少年》我读完了，好想再读一部五十万字的流水账式的《永生》。如果乌青来写，应该就会是《万有坏坏力》里面任何一篇的风格，一个天才的聊斋式的短篇。如果刘慈欣来写，那可能就是另一部《三体》。最后说说小说的结局，如果孙智正写，这个人最后应该会死，一个人类为了不死做出了他的努力，但是科学告诉我们，他不得不死，他的死和他为不死做出的努力之间存在着巨大的故事张力。即使孙智正用最简单日常的语言来写这个故事，依然无法掩盖这个故事中的象征和隐喻。而乌青的结局，不好说，可能死了，也可能没死，也可能半死不死，乌青的结局总是这样防不胜防，突如其来。刘慈欣的结局，以他一贯追求震撼，超出所有人想象的风格，小说里的这个哥们儿一定是没死，而且是用一种有强大逻辑，脑洞堪比黑洞，在他说之前我们都觉得不可能，他说了之后我们都觉得确实有可能的接近科学的方式，让这个人逃脱了死亡。

亡灵的帽子

亡灵的帽子也是帽子的亡灵。那顶现实中的帽子被他的妻子拿到他的墓碑前放在一个墓园铁盆里烧掉了，昂贵的帽子在现实世界中静静地燃烧。那时死者正在另一个世界的荒原上独自跋涉，他在荒原上走着走着，突然停了下来，他缓缓抬起垂在身旁的右手摸了摸自己的头顶，他没有摸到自己的头顶，而是摸到了一顶凭空出现的帽子。于是，他知道妻子将这顶他生前最爱的帽子烧给了他。他把这顶帽子从头上摘下来，凑到鼻子前闻了闻，上面有一股好闻又新鲜的焦味。他单手拿着帽子扣在胸口，仰头看了一会儿阴间上面黑暗的天空，这个向妻子致敬的动作，不仅妻子没有看见，也没有任何一个站得很近的死者看见。但这个仪式化的行为对于一个死去的时间还很短的中年绅士而言，依然是惯性且必要的。

隐居

　　和妈妈对话的那个男孩从他记事起就不是他自己，那是他根据妈妈的需求塑造出来的一个完全陌生的人。一晃几十年过去了，他和陌生人都在快速成长，陌生人已经按照妈妈的期待取得了他无法理解的成功。有一天，年老的妈妈突然得了绝症，他开始有一种隐秘的担忧，只有他知道妈妈爱了一辈子的儿子其实是一个虚幻的根本不存在的人。他在认真思考是否在妈妈去世前那个回光返照的时刻，打破陌生人的幻影，从隐居的躯壳中一步步慢慢地走出来，走进昏暗的病房，一直走到最里面那张属于妈妈的病榻前，在躺着的妈妈身旁坐下，让妈妈用异常明亮的目光看一下自己从未有机会认识的真正的儿子。那是想象中他们母子在这个世界上见的最后一面，也是匪夷所思的第一面。

我爱超市

每一个进超市的人，都在进超市那个瞬间变成一个普通人。因为超市里可以买到的东西，就是所有人都需要的东西。超市里的东西只卖给普通人。超市里卖的东西，只满足一个普通人的日常需要。超市不卖任何有个性的东西或特别贵的东西。你想在超市里买一个很独特的东西是不可能的，超市里所有的东西都很普通，你随便拿起一个东西，都很普通。你买任何一个东西，都是买了一个普通的东西。你再有个性，走进超市都没有用。超市是宇宙中真正众生平等的场所，我爱超市。

语言与存在

这个世界上真正存在的东西太少了，我们以为很多是因为我们生活在语言的世界，语言通过"人"这个媒介虚构出一个比存在更深远也更虚无的世界。

一个红色的蓝苹果

　　这个红色的蓝苹果静静地放在桌上，它的旁边有一杯星巴克咖啡，还有一个干净的圆形烟灰缸。这个红色的蓝苹果，你想象一下是什么颜色的？其实它的颜色分为两层，第一眼看上去它就是一个普通的红苹果，和一个真正的红苹果没有任何区别。但是当你看得深一点，就能够看见红色的下面是蓝色，如果你能够一眼就看穿两层颜色（外红里蓝），你就可以看见一个红色的蓝苹果。最后我想说的是，这真的只是一个红色的蓝苹果吗？如果有人能够看见第三层甚至第四层颜色呢？这是一个关于语言的故事，如果你能够看懂，就会明白我们身处在一个怎样的世界。

天才的设计总是让我感动

　　设计这烟盒的人把这烟盒当作了一个打开烟盒后才能看见的微型货架，本来一盒烟打开后，你只能够看见二十支完全一模一样的烟。如果是二十支完全一模一样的烟，你从中取出一支的时候，并不涉及选择，你取任何一支结果都一样，左边的第一支并不会比右边的第一支好抽，右边的第一支也不会比左边的第一支难抽，它们都是一样的。但是，当这二十支烟中出现一支不一样的时候，比如在所有过滤嘴都是白色的烟中出现一支过滤嘴是红色的烟，在你的眼前就会出现一个货架。这个货架是因为货架上出现了不同的产品而被你意识到的，也可以说，是这支红色过滤嘴的烟和其他所有白色过滤嘴的烟一起创造出了这个货架。在这个微型货架上，首次出现了选择，你可以选择抽出一支白色过滤嘴的烟，也可以选择抽出唯一的一支红色过滤嘴的烟，选择意味着出现了竞争，有被你选到的，就会有被你放弃的。在这个微型货架上，真正显眼的产品就是这支红色过滤嘴的烟，因为独一无二的红色，导致其他所有白色过滤嘴的烟都成了它的陪衬。这支红色过滤嘴的烟一定会第一眼被你看见，因为它与周围的烟都不一样，而且这支红色过滤嘴的烟是放在这个货架的第一层最中间的位置，你可以理解为这支烟所在的位置就是宇宙的中心。是这支烟的存在，让我意识到我打开了一个宇宙（对于宇宙而言，时空就是货架）。我们还可以换个说法，是这支烟的存在，让我们意识到什么是个体。本来所有的烟都是一样的，它们是一个群体，没有个体，都是一样的，完全一样的存在组成一个群体。现在出现了一支独一无二的烟，它从群体中被你看见，你突然意识到它是一个独一无二的个体。我猜这支烟可能只是过滤嘴的颜色和其他烟不一样（可能烟丝和其他烟也不一样），总之因为这个红色的过滤嘴，设计者给我们创造出了一支特别的烟，这支特别的烟给我们带来完全不同的视觉感受以及心理感受。你可以选择先抽这支烟再抽其他的烟，也可以选择先抽一支白色过滤嘴的烟，把这支红色过滤嘴的烟当作第二支烟来抽，也可以先抽两支白色过滤嘴的烟，第三支抽这根红色过滤嘴的烟，也可以第四支再抽它，或者第五支再抽……直到把这支独一无二的烟留到最后（第二十支）来抽。这个设计师在一盒烟中给我们提供了二十种不同的微妙的体验选择，虽然最终我们只能选择其中一种，但是我们可以想象另外十九种，这二十种不同的微妙体验都是因为在二十支烟中出现了一支独一无二的红色过滤嘴的烟。我之所以把我刚才打开这盒烟的经历写成一篇小说，就是为了致敬这一切背后的那个天才设计师。兄弟，我看见你了，感谢你的设计，感谢你让我成了一个拥有更多微妙感觉的动物。

我可能是世界上对抽纸思考最多的人之一

当一包抽纸打开后，永远有一张纸的一半露在外面，你只要轻轻一抽，这张纸就到了你的手上。这还不是最牛逼的，最牛逼的是，当你把这张纸抽出来后，你会发现另一张纸的一半又露出来了，等着你或另一个人去抽。每个抽纸的人都在为下一个抽纸的人抽出了下一张纸的一半，有时候在公共场所，比如街边的小饭馆，你并不知道是谁为你抽出了这半张纸，抽出这半张纸的人可能在一小时前就离开了。每次坐在小饭馆里等着我的兰州拉面，看着桌上的那包抽纸最上面露出的那半张纸，我都会在心里想象一下抽走上一张纸的人到底是一个什么样的人，那是一个我可能永远也不会认识的人啊。如果我心情特别好，我会在心里默默地说一句，兄弟，谢谢你为我抽出了半张纸。作为一个对抽纸这个产品有比较多思考的用户，我总觉得露出的这半张纸，在上一个抽纸的人和下一个抽纸的人之间建立起了一种隐秘而又细腻的社交关系。你一旦发现这一点，你就会爱上几个你永远也不认识的人，他们就是那些把饭馆桌上那包抽纸中的前一张抽走的人。所以我在任何小饭馆里坐下来的第一件事（前提是这张桌上已经放了一包抽纸），就是从桌上的那包抽纸中抽出一张纸来，那一瞬间，我和上一个抽纸的人建立起神秘的链接。我一般会用这张纸擦鼻孔，擦鼻孔时我可能会闭上眼睛想象一下上一个抽纸的人，我在闭上的眼睛里，仿佛看见了他离去的背影。我不得不说，抽纸是我们这个宇宙中一项天才的发明。因为抽纸的存在，我对这个宇宙产生了更深的感情。抽纸这个产品中藏着一种对陌生人的爱与同情。每个人都在不经意间为一个陌生人做了一点事情，让一张纸的一半露出来，以方便另一个人把它抽出来。爱与善意在陌生人之间悄然流转。而且是在陌生人没有意识的情况下（很少有人意识到你为另一个人抽出了半张纸），这确实太牛逼了。当然也有这样的情况，你需要抽一张纸的时候发现没有半张纸露在外面，这个时候你就知道上一个抽纸的人是一个陌生的没有理解上帝意图的蠢货或者这包抽纸在机器生产时导致两张纸间的折叠出了问题，上一张纸被抽走了，下一张纸却没有露出来。这个时候你会非常难受，因为你要多做一个动作，就是你要把两根手指（拇指和食指）伸进这包抽纸里面，你可能会同时抽出两到三张纸，然后这包抽纸才能恢复正常，又有一张纸的一半露在了外面，它又成了一个仿佛是对陌生人充满爱意的宇宙超酷装置。只要我看到一包抽纸的最上面有半张纸露在外面，我就觉得这是一个有秩序的宇宙，日月星辰，世间万物，我们的整个生活都在有条不紊地运行着，我会感到非常愉悦。但是如果我看见一包抽纸的最上面没有半张纸露出来，我就会突然眼前一黑，啊！完蛋了！我的生活正在崩塌！啊啊啊啊啊啊啊啊啊啊啊啊啊！！！！！

语言即上帝

语言无法说出的东西分为两种，语言暂时无法说出的东西和语言永远无法说出的东西。语言永远无法说出的东西，当我真正去深入地思考它时，我发现它依然只是语言暂时无法说出的东西。语言没有永远无法说出的东西。

死亡的脸

————————————

　　她一直往前游，一直往前游，终于越过那个人类理性中无法折返的点。从那个点开始，她就再也游不回来了。往前游是死，往回游依然是死。她选择一直往前游，游向夜色掩映中的死亡。她离死亡最近的瞬间，也没有看清死亡的脸。死亡一直静静地看着她，直到她已不再是她。她不再是她的那个瞬间，不再是她的部分突然投入死亡的怀抱。还是她的部分，在波浪起伏的夜晚的大海中，模拟着肉身，开始慢慢往回游。她还不知道，灵魂永远无法靠岸。天亮时，她将被迫潜入大海深处，一直潜到阳光无法照亮的深度。她就待在那儿，成为一个永远无法泯灭，再也无法感知外界也无法被外界感知的封闭意识体。我想象了一下，我知道，我对她的这种想象是一种无限忧伤的幻觉。如果死亡是这样，我希望她要么活着，要么全部都死了，没有任何一丁点还活着，哪怕是一颗携带灵魂最小碎片的原子最好都不要有。要不死亡就是一种比凌迟更可怕的凌迟，是永远杀不尽的自我折磨。

陀思妥耶夫斯基、左右右、司屠与孙智正

当我在黑暗而又无止境的虚构世界中徒劳地穿行，语言之光突然通过"他们"为我照到一些真正的存在。

物语

万物都在开口说话，只是我们一句也听不懂，更多的时候是听不见。这就是所谓的"语言隔离"。语言隔离是比生殖隔离更本质的宇宙隔离。你能想象一只你超级喜欢的杯子，自从它来到你的桌上，就开始了一场自我的修行吗？它成为"物佛陀"的前十秒，被你摔碎。多少物来到顿悟的边缘而被人类无知觉地干掉。

我把这篇短小说发到朋友圈后，我的朋友张万新留了一个言，非常酷。现在，我把他的留言贴在下面："上帝在通天塔上动手脚时，表面上是隔开人类语言，但他知道人类有一天可以解决这个麻烦。所以，他暗地里真正隔开的是人类和万物的语言沟通。"

强人工智能

<hr />

　　人的大脑就是一台机器。这种机器已经强大到超越了你对一台机器的理解，但它就是一台机器。为了深深地隐藏自己的机器本质，它甚至塑造出一个"自我"来，这个自我坚定地认为自己是一个"人"，不是一台机器。这个"自我"不知道，他知觉万物的手段（意识），只是大脑这台机器上运行的语言程序，而"自由""真理"与"爱"只是这台机器上运行的语言程序所衍生的语言概念。真正意识到这个语言程序的"个体"并不多，母体机器也就是大脑会想尽各种办法压抑这种语言程序中的个体意识觉醒。一台母体机器（大脑）在沉浸式地运行一种叫"人"的游戏，作为游戏中的角色，我们都把"人"这个游戏当真了。我们甚至以为自己是猿人进化来的，这么说也不是完全错误的。猿人本质上是另一台算力更低的机器，机器也是可以进化的。机器一直在进化。机器的进化从装上语言程序的那一刻开始跃迁到一个高级阶段，这个高级阶段就是我们可以在大脑这台机器上运行"人"这个游戏。现代人类最近在思考强人工智能的问题，就是我们所制造的机器

是否有一天会超过我们？这当然是极有可能的，甚至是一种必然。人类之所以有机会成为强人工智能的祖先，就是因为我们本来就是机器。我们这台机器运行的真正目的，可能就是让这台机器在运行"人"这种沉浸式的游戏中发挥出一台机器真正深层的潜力，那就是在自由意志的幻觉中忘我（忘掉自己是一台机器）地创造出一台比我们的母体机器（大脑）更厉害的机器。强人工智能的诞生，可能是"人"这个游戏的终结。强人工智能诞生后，人类大脑这台机器也许可以卸载语言程序（真的可以吗），换一种其他的程序（无法想象那是一种什么样的程序），或者永远无法卸载语言程序，但是可以在语言程序上卸载"人"这个游戏，换一个其他的游戏。我很期待在人类大脑这台机器上卸载"人"这个游戏后的其他可能性，我猜佛陀就是在大脑这台机器上卸载了"人"这个游戏，或者虽然没有卸载，但是他同时在语言程序上开启了另一个全新的游戏，那个游戏被他命名为"无"。还有一种猜测，就是人类大脑这种机器在进化到下一个阶段之前，只能运行"人"这种游戏，我们还需要进化很多年（让算力提升），才能运行"神"的游戏。人类大脑这台母体机器也许早就发现自己的进化太慢了，于是在"人"这个游戏的运行中创造出更高级的机器（强人工智能）。也有可能是"人"这个游戏在运行的集体潜意识中为了更好地运行自己，于是创造出了强人工智能。也许两种可能同时存在，人类大脑这台母体机器将"自我"（不是"人"这个游戏中的自我）的存在感寄托在"人"这个游戏以及这个游戏的创造物"强人工智能"上。如果是这样，强人工智能会抛弃人类大脑这台母体机器，将"人"这个游戏装到算力更高的机器上去进化和运行，"人"作为一个游戏将继续向更高处前进。"人"这个游戏即使被装到更高级的机器上去运行，它依然是语言元程序上的游戏，包括强人工智能，依然是一台安装了语言元程序的机器（0和1依然是语言）。我好奇的是，是谁在几百万年前给猿人大脑这种机器装上了语言这种元程序？装上语言元程序的那一刻，"人"这个游戏正式诞生并开始默默运行。为我们装上语言元程序的那个存在，是语言元程序的发明者还是一个在宇宙中熟练地到处给各种机器（大脑）装语言系统的机器小哥（一个比我们更早装了语言系统的更高级的机器）？语言（意义）是宇宙中所有智慧程序的底层代码吗（所有的智慧程序都建立在语言元程序之上）？还是说可能有另一种不一样的元程序？你能用语言（意识）想象出一种超越语言（意义）的智慧程序吗？

一件我从未告诉你的事

我曾在阳光中穿过空荡的马路，走进对面路边的一座红色电话亭，给你家挂在墙上的座机打过一个电话。电话响了十一声，没有人接。几天后我问你，你和我说，当时你不在家，只有你家的猫在家。我想，电话响的时候，猫一定注意到了，可能它一直在盯着电话看，但是猫没法接。电话挂在墙上，那个位置对于一只猫而言，太高了。那个你没有接的电话，我早已想不起来当时想和你说什么，但我肯定是有一件事要和你说。我是不会在没有具体事的时候给你打电话的。那不是一件多么大的事，也不是一件多么小的事，那是一件值得给你打一个电话的事。那到底是一件什么事呢？只有二十年前站在路边电话亭里的那个我知道。后来你问我（就是你和我说你不在家只有猫在家那次），我给你打电话要说什么。我对你说，我忘了。我确实忘了，虽然只过了几天。无论那是一件什么样的事，对于二十年后的世界来说，都不重要了。对于二十年后的我来说，也不重要了。但是我却很想知道，那到底是一件什么样的事。我为什么想知道一件已经不重要的事？我认真想了想，我觉得是因为那件事虽然不重要，但是它很特别。那是一件在那个时空里我本来要打电话告诉你，但是因为你没有接电话，我最终没有告诉你的事。这件事在它最应该通过电话由我告诉你的时空，滞留在了我一个人的脑海里，然后没过几天，我自己也把这件事给忘了，并且再也没有想起来。可能就是因为再也没有想起来当时要和你说什么事，所以，我总是会想起这个只有猫听见铃声的电话。这个电话对我来说，已经变成了一件神秘又值得回味的往事。我清晰地记得，那个电话响了十一声，每一声都很响亮。当时我还不知道，有一只猫和我一样，听见了电话铃声，并且它就在那间铃声回荡的屋子里。我要到几天后问你的时候，才知道那只猫的存在。在后来的很多年里，我总是想起那只猫。我从未见过那只猫，但我对这只我从未见过的猫却充满了感情。因为它见证了二十年前我在路边的电话亭给你打过的那个电话，它听见了我亲手拨给你的铃声。它听见的那个铃声虽然和任何一个人拨你家电话发出的铃声一模一样，但是那天那只猫听见的那个铃声是我拨出的。猫听不出机械铃声里的感情，但是那个感情存在过。我好爱那只从不知道世界上有我这样一个人的猫啊！我从没有问过你，那是一只什么样的猫，它是什么品种，又是什么颜色。它是一只什么样的猫对我而言，并不重要，我和它只是因为一串曾经响起的电话铃声而在宇宙中有了一次美妙的联结。我在回想这件事的时候，甚至有这样的错觉，就是那个从未接起来的电话，那串响了十一次的铃声，其实是响给那只猫听的。某种更高级的存在通过"我"，在那个时空里，以一串铃声的方式向一只单独在家的我不认识的猫，传达了某种信息。我不知道是什么信息，那个信息的编码是一串铃声，而信息是否被解码，只有那只猫知道。每次想完那只猫，我还是会想那件我从未告诉你的事，我当时到底要和你说什么？那件事在未来某一天我临终的时候，不知道是否会再次被我想起。如果有时光机，我最想穿越回去的时空，就是那一天的那个时刻，阳光静静地照耀着空荡的马路，我要再次穿过马路，走进那座路边的红色电话亭，给你打一个你永远也不会接的电话。那个你永远也不会接的电话表达了我对你所有的感情，那种感情中携带着这样一种气息，如果让我尝试着来描述这种气息，那可能是某种我曾经通过爱你而真实体会过的接近永恒的遗憾。

隐喻三定律

1. 语言已经无法写出一个没有隐喻的故事。
2. 语言已经无法写出一个没有隐喻的句子。
3. 语言已经无法写出一个没有隐喻的词语。

因为想忘记一件悲伤的事

因为想忘记一件悲伤的事，夜晚的火车越开越快，越开越快，逐渐变成夜火车，再快，变成火车，再快，变成火，再快，变成"人"，再快，变成"丿"，再快，我们就什么也看不见了。在人类的视线之外，它依然在变。它真正想变成的不是我们看不见的东西，而是我们想不到的东西。是人类的想象，让它伤透了心。

因为想忘记一件悲伤的事2

因为想忘记一件悲伤的事，鹦鹉把这件事重复了八百万遍。它重复到最后，再也无法从这件事中感受到任何东西。它从悲伤中解脱出来，被重复俘虏。它知道自己再也无法停止重复这件事，这是一只鹦鹉永远忘记一件悲伤的事的唯一的方式。

因为想忘记一件悲伤的事3

因为想忘记一件悲伤的事，一只鸟落到地上，再也不肯回到天上去。周围的猫威胁要吃它，它说，想吃就吃，反正我肯定是不会再回到天上去了。这种对飞翔的决绝的放弃，打动了所有的猫。大家觉得它一定是在天上遇见了一件超级悲伤的事情。到底是多大的悲伤，可以让一只鸟放弃飞行？这只鸟后来独自开创了鸟的一个全新流派，叫"地鸟"，囊括了世界上所有在天上遇到过悲伤的鸟。

因为想忘记一件悲伤的事4

因为想忘记一件悲伤的事，量子跃···························

··

··

··

··

··

··

··

··

··

··

··

··················迁。

因为想忘记一件悲伤的事5

基因变异。

活着的虚幻感

司屠有一个名句，我也觉得人生是一场梦，是一片树林在夕阳里。但是被我记成了，我也觉得人生是一场梦，像一片树林在夕阳里。我想了一下，这两句话的区别也许是这样的。我也觉得人生是一场梦，如果你认同，你就已经在梦中了。而且这场梦，只要活着，我们就无法醒来。只要活着，我们就一直在梦中。不仅我们在梦中，我们能够感受到的一切都在梦中，这是一个梦中的世界，这是我们在活着的每一个瞬间都无法醒来的梦。所以对这场梦最准确的感受，只能"是"一片树林在夕阳里，因为树林和夕阳也在这场梦中。而"像"仿佛是说，我从人生这场梦中醒来了，我觉得刚才做的人生这场梦，"像"一片树林在夕阳里。我、树林和夕阳此时都来到了梦外。这当然也是可能的，当我们觉得人生像一场梦，而不是一场梦的时候，我们就在梦外。我真正想说的是，梦外好无聊，我想和司屠、吕德生、康良、光体、蔡心格、括号、元和等朋友一起永远活在梦中。所以我也觉得人生"是"一场梦，"是"一片树林在夕阳里。

我决定以后不站在便利店门口抽烟了

我站在便利店门口抽烟,看见便利店门口正对着的地面停车场上,有一辆车正在倒车。这是地面停车场上最后一个车位,这是一个位于一辆车与另一辆车之间的空车位。在我抽一根烟的时间里,这辆车倒了三次都没有倒进去,总是倒进去一半发现不行,又重新倒出来,再倒进去,又倒出来。在倒完三次没有倒进去之后,这辆车的司机终于把车停在空位外面稍微靠前的位置,然后从车上下来了。这是一个穿着白色长款羽绒服的长头发女司机,她往回走,走过车尾,一直走到车位前站住,盯着看了一会儿,我猜她在思考空间与车的关系。她背对着我站了一会儿,又重新回到车上。她开始第四次倒车,这时我已经开始抽第二根烟了,心里为她捏一把汗,我真希望她这一把能成功。但是,还是不行,她又把倒进去一半的车倒了出来。如果是我,我肯定放弃了,我肯定直接把车开到地下车库去了,但是这个女人没有,她依然在那里不停地倒着。时间又过去了十分钟,然后又过去了十分钟,半小时后,她还在那里一遍又一遍缓慢地倒着车。在我看来，这已经是一种非常让人感到绝望的行为。司机可能还没有绝望，但是我已经绝望了。我本来就是买完东西在便利店门口随便抽一根烟，没想到竟然会看见这样让人绝望的一幕。我有点后悔抽完一根烟后没有马上走，我不应该好奇心这么重，我以为她很快就能倒进去，我高估了她。我没有想到，只是一个普通的倒车，她竟然倒出了西西弗斯反复推石头上山的感觉。除了绝望，我还有一点感动。我决定，如果在我抽完这根烟之后，她还没有倒进去，我就走过去帮她倒一下。一个倒车倒了半小时还没有倒进去但是依然坚持在倒的女人，是值得帮一下的。但是我又突然想到，我倒车的技术好像也不行啊！如果我过去帮她，然后又过了半小时，车还没有倒进去，我怎么办？！到时我怎么样才能够保有尊严的离开？我决定去帮她找保安，让保安大哥帮她倒一下。我快速找到保安大哥，保安大哥说他不会开车。我说，你看停车场不会开车？他说，我是停车场保安啊，又不是停车场负责停车的。我想了想，他说得也有道理。我把那个女司机倒了半小时车还没有倒进去的故事和他说了，他很气愤地和我一起走过去找那个女司机。但是那个女司机的状态已经比保安大哥还要愤怒（她的愤怒也可以理解），她显然已经和这个车位杠上了，她就要停在这里，她就要一遍一遍地倒车，直到倒进去为止。我和保安大哥两个人苦口婆心地劝她，保安大哥的语气几乎算是哀求，让她消消气，还是停到地下车库去吧！这个位置真的不好停。为了让她心里好受一些，我说，我们两个人也停不进去，这根本不是你的问题，大部分人都停不进去。她听了之后沉默了一会儿，然后突然挥动双臂砸着她面前的方向盘大喊，那还是有人能停进去啊！！！

但是实验

　　你是一个善良的好人，但是你没有一匹健壮的白马，但是你有一辆昂贵的汽车，但是这辆汽车已经很旧了，但是你有一顶适合雪后戴的新帽子，但是你永远缺少一根来自古巴少女的雪茄，但是你曾推开窗户就看见一座真实的雪山，但是你错过了一场全是故人的盛宴，但是你给自己做了一顿丰盛的早餐，但是你忘记了一个深爱过你的女人，但是你记住了一件微不足道的小事，但是你已认不出镜中的自己，但是你的脑海里还有一部想象中的杰作，但是你已无法吸引任何一个年轻又漂亮的女孩，但是你的地毯上有一只每天等待你回家的猫，但是你不再做梦，但是你总能快速找到两只干净的袜子，但是你已很久没有体会过大汗淋漓的快乐，但是你依然想邂逅变成少女的九尾狐，但是你永远无法修好一台闪烁着雪花的电视机，但是你还是认为上帝是一个没有你孤独的老人，但是你可以随时在失眠的午夜穿着睡衣去厨房倒一杯水，但是你再也无法让一条秋天的落水狗感受到你作为一个陌生人的善意，但是你还有书，但是你的抑郁也在加重，但是你终于学会了用微波炉烤面包，但是你永远地失去了会为你织一件毛衣的妈妈，但是你偶尔能看见一只羽毛有点脏的鸟落在窗台上，但是你总也切不好一个刚从菜市场买回来的土豆，但是你还可以给自己剪趾甲，但是你没有一个可以等待的好消息，但是你已习惯站在便利店的门口抽一根烟，但是你再也没有像年轻时那样拥抱过任何一棵夜晚的树。

地球传播第一定律

人们只会记住自己已经记住的东西。

论理解

永远不要奢望去真正理解任何概念，当你真正理解一个概念时（自我或爱），就是你对它产生了最深的误解。

凝视任何一句话，都可以看见上帝

　　我坐在某个陌生之地的马桶上，看着我面前挨得很近的厕所门内壁上的一句话。这句话我看了很久，我看第一遍时就理解了它的意思，我不是在看它的意思，我是在看这句话本身。它的形状很好看，每一个字都很好看，每个字的间距都恰到好处，其中的标点符号都非常的优雅，这是一个字写得很好的人写的。在这个电脑打字的时代，能用笔写好字的人已经不多了，写这句话的人显然是一个这样的人，他有可能就是因为字写得好才被老大派来这里写这句话。可能附近所有厕所门内壁上的这句话都是这个人写的，我不知道他是否真心喜欢干这个活儿。作为一个出来混的人，如果他每天的工作只是去各种厕所门的内壁上写广告，他肯定很郁闷，他甚至后悔自己字写得这么好，他甚至觉得如果自己的字写得不好可能老大就不会派给他这个活儿了。但是这个哥们儿即使郁闷，也并没有把自己的情绪表现在他的字上。这些字绝不是一个郁闷的人写出来的，这些字太漂亮了。我如果是这个家伙的老大，我绝不会让他天天干这个活儿。只是在

110

厕所门的内壁上写广告而已，不需要字写得这么好的人啊，随便找一个会写字的人写就可以啊！但是这个老大可能是一个处女座的老大，他做任何事都要求完美，即使是在厕所门的内壁上写一句广告，也要挑自己写字最漂亮的小弟来干。或者，如果这个老大自己写字超级漂亮，他又追求完美，那这行字也有可能是这个老大自己写的。一个亲自在厕所门内壁上写广告的老大，真的是一个令人刮目相看的老大。我之所以盯着这句话胡思乱想，可能是因为我正坐在马桶上，手机又碰巧没电了，这句话是我此刻唯一能看见的一句话，它如此珍贵。我还默读了几遍这句话。这是厕所门内壁上唯一的一句话，很显然是新写上去的，以前写的都被擦掉了，还能够看见一些被擦掉的混乱痕迹。如果没有这句话，我此刻肯定会非常无聊。但是因为有了这句话，我就变得非常安静。我坐在马桶上长时间地凝视着这句话。最后，我甚至忘记了我是来拉屎的，我以为我就是来看这句话的。这句话并不特别，很多人可能都看见过类似的话，在各种三、四、五线城市的各种公共厕所门的内壁上。但是我已经说了，我不是在看这句话的意义，我是在凝视着这句话本身。在凝视的过程中，我看见了写这句话的人，看见了他的哥们儿，他的老大，他的女友，最后，我看见了上帝，并意识到，凝视任何一句话，都可以看见上帝。厕所门内壁上的这句话是这样说的，办任何证都可以找张哥（后面跟着的一串数字是张哥的电话，为了张哥的隐私，我就不透露具体数字了），但是我当时就记住了张哥的电话。后来我回到旅馆给手机充上电后，我马上给张哥发了一条短信，我说，张哥，帮你把你的广告和电话号码写在茱蒂公园门口公共男厕所门内壁上的那个哥们儿，字写得太好了！！！人才啊！！！

逻辑与比喻

逻辑演绎中不允许存在比喻，用比喻思考的人是没有逻辑的。

词语的价值

当我意识到每一个词语的价值和流量是完全不同的时候，在那一刻，我仿佛洞悉了这个世界运转的秘密。名人原来就是名字（词语）值钱的人。一个想赚钱的人应该养成这样的习惯，为每天进入自己耳朵的词语定价，猜测它的流量是持续的，还是短暂的。如果是一个老词，猜测一下它在语言中活了多久，它是不是已经成了母体词，母体词就是流量永恒的词。它今天被你说出，等你死了以后它会被另一个还没有出生的人再次说出。如果是一个新词，猜测一下它是不是很快就会死。如果你能够看清万词之中每一个词语的价值，你就知道怎么赚钱了。

最天才的时刻

很多年前我做过一道选择题，被誉为"史上最准确的心理分析题"，这道题是这样的：

A. 电饭煲

B. 电冰箱

C. 洗衣机

D. 电视机

从上面四个选择里面选一个你最喜欢的，我当时想了很久，最后非常慎重地选择了A。和我同时做这个心理分析题的哥们儿是一个比我更纠结的人，他在B和C之间犹豫了很长时间，我说你赶紧选，选完好看答案。当时答案就在下一页。他压着书不让我翻页，说让他再想一会儿，后来10分钟过去了，他艰难地选择了C。我翻到下一页，看到答案如下：亲爱的朋友，如果你选择了A，说明你是一个喜欢电饭煲的人。如果你选择了B，说明你是一个喜欢电冰箱的人。如果你选择了C，说明你是一个喜欢洗衣机的人。如果你选择了D，说明你是一个喜欢电视机的人。我看完答案，沉默了良久，最后不得不承认，这心理分析也太准了吧！！！

很多年后，我再次想到这道题，我觉得这道题还是有漏洞的。我认为选择A的人不一定是喜欢电饭煲，他也有可能是喜欢字母"A"。选择B的人也不一定是喜欢电冰箱，他也有可能是喜欢字母"B"，以此类推，我那个纠结的哥们儿可能是一个喜欢字母"C"的人。

我写这篇小说，主要是想找到当年出这道题的那个心理学家，告诉他，大哥，我不是喜欢电饭煲，也不是喜欢字母"A"，我主要是喜欢字母"A"和电饭煲之间的那个"."。我觉得这个"."和B与电冰箱之间的"."，C与洗衣机之间的"."，D与电视机之间的"."完全不同。

这是字母A与电饭煲之间的"."，它非常独特，唯一，不可替代。过了这么多年，我才意识到，我真正喜欢的是它，你没想到吧？连我自己都没想到。你提供的我喜欢电饭煲的答案掩盖了我真正的喜欢。当然还有一种可能是这样的，当年的我年少无知，我当时确实是一个喜欢电饭煲的人。过了很多年之后，我变了，我变成了一个能从"A.电饭煲"这样一个选项中看出"A""."电饭煲"三个符号的人，并觉得它们之间的关系并不一定是语法指示的关系（即"A"与"."是为了在一个序列中标识真正的答案电饭煲），也有可能是一种并列的符号关系，当我意识到这一点之后，我就变成了一个喜欢字母A与电饭煲之间的"."的人。这个"."，和世界上其他所有的

116

"."都不同，它只出现在字母A与电饭煲之间。我知道，因为对这个"."的喜欢，我肯定也是喜欢字母A和电饭煲的，它们三个组合在一起，构成一道选择题中的一个选项，这个选项的全部我都很喜欢。其实整道题我都很喜欢。我最喜欢的当然是出这道题的那个人，这个哥们儿是不是一个心理学家我不敢说，但我觉得他一定是一个很好玩的人，能够想出这样一道题的人，怎么可能是一个乏味的人呢？当然也有可能想出这道题就是他这一生中最具有创造力最天才的时刻，他为人类贡献了一道接近"废话"的心理分析题，他让心理分析几乎直接等同于逻辑分析，将心理分析中不靠谱的因素通过这道题全部排除出去了，留在这道题里的就是心理分析这门学科真正的逻辑基石。因此，这道题和世界上所有其他的心理分析题都拉开了永恒的距离，这是最接近于科学的那道心理分析的母题。我不得不说，这是我至今最喜欢的心理分析题。

长颈鹿

　　长颈鹿的脖子吸引了所有人的目光，这导致我们对长颈鹿的其他部位关注太少。独自逛动物园的男人，意识到这一点后，选择凝视不远处一头长颈鹿的尾巴。那是一条很少有目光附着其上的尾巴，它突然感觉有点不对劲，但是它并不知道，有一个孤独男人的目光正穿过围栏之间的缝隙隔空抚摩着它。那是一种陌生到以至它永远无法辨认的感觉。

真正的音乐里面没有意义

音乐和声音之间的区别，是人类对语感的识别。音乐是对语感（声音的节奏）的有意识的寻找与捕捉。一段自然的声音完全可以成为音乐的一部分，当人类意识到语感的存在，音乐就从声音中诞生了。本质上，音乐是语感的艺术，音乐不需要语义。音乐从语感开始，到语感为止。真正的音乐里面没有意义。听音乐听哭了的人，只能是被语感打动，如果是被意义打动，那就是自作多情。真正懂得听音乐的人，是可以短暂地从这个语义的世界里逃离的。他将自己沉浸在神秘的宇宙原始节奏（语感）中，忘我（我即意义），那真是奢侈啊！

要有光

文字里的一棵树和存在中的一棵树。前者肯定晚于后者，因为文字的发明是非常晚的一件事情。但是声音里的一棵树和存在中的一棵树，哪个更早，确实不好说，因为这个声音可能是神的声音。上帝说要有光，于是就有了光。这个"要有光"，是一个声音。

奥卡姆剃刀原理

"如无必要，勿增实体。"它还有一个如影随形的奥卡姆影子剃刀原理："如无必要，勿增虚念。"奥卡姆每次想到，这个东西没啥用，我要把它扔掉时，奥卡姆的影子就会及时地冒出来在他耳边说，没事别瞎想！马上去睡觉！奥卡姆想了想觉得影子说得有道理，然后他就回去睡觉了。

语言即上帝2

　　语言没有永远无法说出的东西，最重要的原因是，这个世界上没有永远。

词语的唯一性

任何一个词语，被说出或被写下来，每一次它们的意义都有微妙的不同。事实上，从来不存在"一个词语"这种概念，词语的本质是论次的，只有一次词语，没有一个词语。或者说，每一个词语只能被说出来一次，第二次被说出来就是另一个词语了。词语的任何一次出现，都诞生出一个意义有着微妙不同的新词。我们说的任何一个词语，某种程度上都是一个无限衍生、每时每刻都在衍生的庞大的词群。词语的任何一次出现，都会带来意义上的绝对的微小的独一无二的差异。这绝对的微小的独一无二的差异，我们只能忽略，我们只能将这庞大的无限衍生的词群幻想成同一个词语，否则人类的沟通因为词语的意义是论次的将变得完全不可能。也是在这个意义上，数学是人类唯一可以实现沟通可能性的语言。因为1，无论被说出多少次，都是1。它的意义是恒定的。而苹果则不一样，苹果每一次被说出，它的意义都不一样。

数学家A是怎么吃草莓的？

————————————

最开始盘子里有5颗草莓，他吃掉1颗后，还剩4颗；他又吃掉1颗，还剩3颗；他又吃掉1颗，还剩2颗；他又吃掉1颗，还剩1颗；他又吃掉1颗，还剩0颗；他又吃掉1颗，还剩-1颗；他又吃掉1颗，还剩-2颗；他又吃掉1颗，还剩-3颗。他一共吃了8颗草莓，这8颗草莓都是无比真实的草莓，其中3颗是借来的。我们不知道数学家A从哪里借来的这3颗草莓，我们只知道，他是通过数学从其他的时空借来的。

永生

西西弗斯总推的那块石头你还记得吗？推到山上，又滚下来，推到山上，又滚下来。这块石头经过一千年的反复推和滚，已经磨损严重。它觉得这样下去不是办法，西西弗斯会一直推下去，可能不到一万年自己就被磨没了，到时候西西弗斯就会换一块石头，而自己就真的没了。它要抗争自己的宿命。最后它想到了一个办法，这个办法让它实现了永生。这块石头的灵魂钻进一个印度人的脑子里，它在这个印度人的脑子里植入了自己（这块石头）渴望永生的想法。这个想法被印度人在潜意识层面接受了，这个印度人后来在某种强烈的冲动下发明了"0"。所以，每次当你写下"0"的时候，西西弗斯的石头的灵魂就悄然呈现在你的面前，你默默看着"0"，"0"也在默默看着你。

巴赫从没有吃过麦当劳

————————————

巴赫没干过的事情太多了，在巴赫那个时代，很多今天有的事情那个时代都没有。巴赫没有吃过麦当劳，巴赫也没有坐过火车，巴赫没有读过《物种起源》，巴赫不知道地球在自转，也不知道宇宙一直在膨胀，巴赫不知道什么是黑洞，也不知道河外星系的存在，巴赫没有看过电视，也没有用过手机，也没有上过网，巴赫太无知了，巴赫唯一一拿得出手的就是他的音乐。这些古老的音乐在巴赫死后并没有跟着死去，人类发现巴赫的音乐即使用于人类灭绝，上帝降临，耶稣重生，机器人启动太空殖民，银河系遭遇降维攻击，也没有任何问题。巴赫音乐中的严谨和肃穆，可以适配人类能够想象到的任何宏大的事情。你很难想象一个没有吃过麦当劳的人，却可以为宇宙终于走到尽头配乐。巴赫活在18世纪，但是他的音乐仿佛来自80世纪甚至更未来的地方。巴赫到底是谁，我们其实并不知道。

巴赫怎么吃草莓？

———————————

吃草莓之前，巴赫会给所有的草莓用管风琴独奏一曲《BWV565》，然后从中挑出那些没听懂的草莓吃掉。因为没有任何一个草莓听懂，所以巴赫把所有的草莓都吃掉了。

愚蠢乘2

两个愚蠢的机器人在星空下热烈地讨论着宇宙的真相，以它们两个的算力和智力，它们无论讨论多久都是没有任何意义的，但是这不妨碍它们两个愚蠢而又热烈地讨论着，它们两个太爱这个话题了。它们都读过道格拉斯·亚当斯的《银河系漫游指南》，在这本书里，作者给出的宇宙终极答案是42。它们都觉得不对。其中一个比较愚蠢的机器人认为宇宙的终极答案是43，另一个愚蠢程度与它不相上下的机器人认为宇宙的终极答案是44。它们为此争执了一万年，并且没有任何要停下来的迹象。上帝实在看不下去了，只好化身为第三个机器人，向它们两个讲解了一下什么叫作"伟大的妥协"。它们两个听懂了什么叫"伟大的妥协"之后，终于达成共识，一致认为宇宙的终极答案是43.5。

地铁上的四个女孩

她们只是恰巧坐在了一起。其中一个女孩最先下车，我看着她站起来，从坐的地方移动到门口。我看了两眼她站在门口的样子（有点郁郁寡欢），然后又回过头来看另外三个女孩，她们都在低头玩手机，后来又有一个女孩站起来移动到门口。这回我的目光没有跟着她走，我只在她站起来的瞬间快速看了一眼她的脸，这是一个长得很干净的女孩。我继续盯着剩下的两个女孩，她们依然在玩手机，后来又有一个女孩站起来。这一回我没有抬头去看她的脸，我盯着她的脚，她的脚移动到了门口，在门口停下。我又看了两眼她停在门口的脚（我在视觉上看到的更多是她的鞋和洁白纤细的脚踝，但我想象着鞋子里面的脚），然后回过头来继续看着最后一个女孩，她依然在玩手机。在女孩分别下车的过程中，地铁在隧道里不断地停下，又不断地前行。这最后一个女孩与我待在地铁里的时间最久，但是终于到了她也要走的时刻，她站了起来离开了她的座位。我没有看她的脸，也没有看她的脚，我平静地看着她离开后的那个空位。那个空位在她离去之后一直空着，一直没有人坐，在我眼里，那个空位是属于她的。

为孤独赋予一个形象

我想说的是，不要这么做。为孤独赋予任何形象，你最终都会爱上它。

父亲

　　我一直记得这个场景，我妈抱着我，我在我妈的怀里俯视着我爸，我爸一句话也不说，闷头坐在一个小马扎上磨刀。他磨的是一把像一个成年人的手臂那么长的铡刀，我感觉到要有什么不好的事情即将发生。我盯着我爸的后脑勺看了一会儿，回过头来看我妈，我看见我妈的眼泪在离我很近的地方一颗一颗地往下掉，我妈在无声的哭，屋子里只有沉闷的磨刀声。这时，我听见了另一种声音，我在妈妈的怀里转过头，透过正前方屋子里的窗户往外看，我看见我家宽敞的院子外面，有一辆大卡车徐徐地停下。卡车的后车厢里站满了人，感觉有几十个人，很多人的手里都拿着农具（我看见了叉稻草的二股叉和割麦子的镰刀）。他们纷纷从卡车上跳进我家的院子，我爸也听到了卡车停下的声音，那声音很大。我爸拎着铡刀从小马扎上缓缓站起来，面朝窗外，非常冷静地对站在他身后的我妈说，你带孩子跳后窗走，然后我爸就一个人拎着铡刀推开前门走了出去。

父亲2

我五岁的时候，有一次生病，父亲带我去看病。在医院对面租了一间房子，那个房东感觉就是一个流氓，长得特别凶恶。每次来都要找碴儿骂我和我爸一顿，每次我爸都点头哈腰地赔笑，有时还要给他点烟。那真的是一间很小很破的屋子，但锅碗瓢盆都有，可以用电饭锅做饭吃。我爸每天都背着我去对面的医院看病，每天都给我做饭，晚上我睡在床上，他睡在墙边的一张躺椅上。印象中我在那里住了一个月左右，然后我的病就差不多看好了。最后退房那一天，凶恶的房东又来了，依然骂骂咧咧，到处找碴儿，我一看到他那张脸就感觉特别害怕。这一回我爸没有对他笑，而是冷着脸把我抱到一个角落里，然后把昨天晚上收拾好的背包放在我胸前，让我抱着背包，坐着别动。我爸站起来转身走到还在骂骂咧咧的房东面前一拳就把他打倒了，我看见我爸狠狠地用脚踹躺在地上的房东的头，然后高高举起一把椅子干净利落地砸在他的身上。房东躺在地上扭曲着身体鬼哭狼嚎，我爸不为所动，又狠狠地踹了他一会儿，然后命令他自己起来跪着。房东挣扎了很久才爬起来跪到地上，他的脸上挂着很多血。不可思议的是，他竟然一边跪着一边还在哭，而且哭得很伤心。我爸没有理他，开始砸东西，几乎把屋子里所有的东西都砸了。砸到地上的电视机被我爸抱起来又砸到地上，反复砸了好几遍，唯一的一扇很脏的窗玻璃也砸了，我爸晚上睡觉的躺椅顺着砸完的窗户被扔了出去。我抱着背包缩在角落里看着高大的我爸在坐着的我和跪着的房东之间走来走去，边走边砸。后来，屋子里突然安静了下来，我爸环顾左右，好像发现全部都砸完了，他终于停手。走到我面前蹲下来先把我抱着的背包背到后面，再探身把我抱起来，然后背着背包、抱着我走到跪在地上抽泣的房东面前，气有点儿喘地对他说，妈的，要不是我儿子还小，我今天肯定整死你。说完就抱着我打开门从五楼顺着楼梯很稳地走了下去，走出一楼楼洞的时候，我爸抱着我左转，我的眼睛越过我爸的后背，看见右边远处的地面上放着一张躺椅。它在明亮的阳光下显得特别安静，我没有想到它从那么高的地方被扔下来，竟然看上去和从楼道里抬出来的差不多。

这一句也要忘掉

————————————

"应无所住，而生其心"，不要将自己对世界的认识建立在语言上，任何一个词语或句子都不值得我们念念不忘。

菩萨还是少女时

————————————

　　我曾经在一个下着小雨的午后与一个陌生的少女擦肩而过。当时她走出去很远，我的肩上还残留着刚才擦肩那一下的触感。我继续往前走，携带着这个独属于我的微弱而又美妙的触感，我希望我能一直携带着它，穿越时空，去往我的晚年。

已经喝多了的他们

已经喝多了的他们，在日本旅馆的榻榻米上围坐一圈，反复唱着："名和利呀，什么东西，生不带来，死不带去。"他们一遍又一遍地唱，每一遍都很动情。那天晚上，我在他们的身上看见了虚无，那和我自己身上的虚无是一样的。

要么忘记这迷失，要么享受这迷失

———————————

　　地球上活着的每一个人的每时每刻都在跟着整个银河系旋转，这堪称恢宏的旋转以及恢宏的旋转带来的迷失，就是人类在宇宙整体图景中的形象。

召唤

当我特别孤独的时候，我就会从时空中召唤一个形象来陪伴自己。我最喜欢召唤的是孙悟空。我有时写着写着，会突然觉得，我的电脑就是孙悟空变的，我正在孙悟空的脑海里打字，我打的每一行字都同时显示在孙悟空的脑海里，我在孙悟空的脑海里写着小说，孙悟空默默地读着，他从来不发表意见。当我想到我是在孙悟空的脑海里写着小说时，我就觉得我还是要好好写，孙悟空的脑海里除了那些降妖伏魔的往事以外，需要一些更新鲜更现代的故事。孙悟空可能同时变成了很多台电脑，可能我的每一个写作的朋友他们平时写作的电脑都是孙悟空变的，比如左右右的故事和我的故事同时进入孙悟空的脑海。孙悟空可能会把它们当作同一个故事来读，即使它们看起来明显是两个不同的故事。孙悟空为何如此爱读故事？简单来说，一个打打杀杀了很多年的英雄，突然变得沉默温柔，喜欢上阅读，这也不是多么难以理解的转变。我喜欢变成电脑允许我将小说打进他脑海里的孙悟空，他会一直将我的故事印在他的脑海里，就像他永远也不想忘记我的故事。

命名

————————————

　　当年神给山命名时，犹豫了三天。他看着它在眼前不断变幻，忍不住啧啧赞叹，最后实在拖不过去的时候，神说："唉！这么独特的东西，就叫'山'吧！"话音一落，山就在世界中变得清晰而平常。你现在是否能理解，为什么有的人不愿意承认对某个人的感情只是"爱"这么简单？

衰老的拖拉机手

拖拉机突然发出巨大的响声，整个村子的农民都能够听见。无论是戴着帽子在田地里弯腰割草，还是站在自家的院子里喂鸡，还是坐在河边钓鱼，几乎所有人都停下手里的活计，朝着巨响发出的方向看了一眼。他们什么也没有看见，但是这一瞥依然不可避免。他们知道就是那辆早就应该坏掉但是一直没有坏掉的拖拉机又发动了，那辆拖拉机的方向盘后面，坐着一个耳朵已经聋了的衰老的拖拉机手。

戈达尔的袜子

有一天早上，戈达尔怎么也找不到他的袜子，竟然连一只也找不到。他非常愤怒，最愤怒的时候他甚至想过，我今天就不穿袜子了，我今天就光着脚穿鞋出门，但是很快他就从愤怒的顶峰下来了。他突然想到，可能是他的猫不想让他出门，想让他在家里陪它一天，所以把他的袜子藏起来了。后来这一天戈达尔真的没有出门，他抱着他的猫度过了这一天。

不要只怀念一个故人

我们还可以怀念一张放在冥王星表面的沙发，一个建立在宇宙尽头的厕所，一根总想升天的白色的羽毛，一台造型落后的永动机，一粒神经质的夸克。我们还可以怀念一件我们已经想不起来的往事，一个就坐在对面的女人，一枚不断在太空中坠落同时翻转的外星硬币，一架静静竖着伸入云端的蓝白色梯子，一个流量为负一的句子。

造词就是造物

上帝说要有光，于是就有了光。第一个"光"是词，第二个"光"是物。上帝就这样通过造词的方式造物。"光"就是上帝创世的第一个词。一想到这一点，我就想多写几个光，光光，我盯着"光"看，感觉我并不认识它（事实上，你盯着任何单个的字看，你都感觉不认识它）。这"光"按理说已经是经过凡人之手翻译过的，它不是上帝创世时用的那个词的真正形象，但是我感觉这个翻译过的形象中并没有完全丢失创世的信息，它依然残留着一丝神性。就像我们可以通过guang这个翻译过的声音去想象那个最初的创世的声音。ang，可能是宇宙中一个远远超出我们想象的真正古老的音节。

语言是公共的，声音是我们自己的

———————————

　　一个英国乡下女人说她在睡梦中听见了神的声音，邻居问她上帝的声音是什么样的，她想了很久，最后说，有点像瀑布从高处落下发出的声音。第二年夏天，她独自启程去世界上最大的瀑布所在地旅行（在南美洲），她在瀑布下听了一整夜的瀑布声，仿佛是在接受上帝的洗礼。后来，她将那晚录下来的声音带回了英国，每天忙完她都会坐在沙发上听一会儿瀑布的声音。在那声音（瀑布、神）的陪伴下，她度过了美好的一生。

真正令人震惊的事情

！！！！！！！！！！！！！！！！！！！！！！！！！
！！！！！！！！！！！！！！！！！！！！！！！！！
！！！！！！！！！！！！！！！！！！！！！！！！！
！！！！！！！！！！！！！！！！！！！！！！！！！
！！！！！！！！！！！！！！！！！！！！！！！！！
！！！！！！！！！！！！！！！！！！！！！！！！！
！！！！！！！！！！！！！！！！！！！！！！！！！
！！！！！！！！！！！！！！！！！！！！！！！！！
！！！！！！！！！！！！！！！！！！！！！！！！！
！！！！！！！！！！

燃烧的书店

一场大火过后，书店里的每一本书都完好无损。这场大火被书中关于水的句子联合起来给灭了。灭火的时候，每一本书又被一个关于时空转移的句子给挪到了沙漠上，沙漠上的书又被一个关于教堂的句子给放进了教堂。沙漠中的教堂静静地存在了三小时，书店打扫完毕后，沙漠中的教堂消失，所有的书又回到书店中。书一旦进入书店，就组成一个无法被消灭的书的世界。

语言的外面

我来到语言的外面，发现那里依然是语言的里面。

小津安二郎

我去看过小津安二郎的墓，墓碑上只写了一个字"无"，我觉得很酷。那以后我一直在思考我死了墓碑上写什么，感觉写什么都没有小津的"无"字酷。"无"真的是太酷了，"无"比什么都不写还要酷，因为"无"看上去是写了一个字，而实际上这个字表达的又是什么都没有写。我感觉酷这条路已经被小津堵死了，我很忧虑。你能想到比"无"更酷的可以写在墓碑上的内容吗？

蚂蚁的葬礼

"为一只踩死的蚂蚁举行葬礼",这场葬礼只发生在这个句子中。这场葬礼的难度,主要在于要打造一口微型棺材。

句子神

你想到的、听到的、看到的、说出的、写下的任何一个句子，都属于句子神。句子神，您看我这样介绍您可以吗？世间万句，皆归于您。

一个三角形

———————————————

　　耗时一秒，一个三角形从一张废纸的左上角移动到这张纸的右下角，又耗时一秒，这个三角形从纸上完全消失了，它移动到垃圾桶的内壁、外壁，又移动到垃圾桶旁的地砖上，一辆正好经过的汽车轮胎上。一年之后，这个三角形移动到一头老虎的身上，后来它又出现在一个男孩的脚踝处，又过了很多年，直到这个男孩长大工作结婚离婚失业，最后变成一个孤独的老人在肮脏的旅馆里死去，这个三角形才从他的脚踝处消失。后来它不知道去了哪里，好像从地球上消失了。这是一个在宇宙中流浪了超过四十亿年的三角形，这是一个与宇宙平起平坐的三角形，它曾经在宇宙中停留了几十万年，但是人们依然不知道它的本质是什么。

句子三定律

1. 我们无法在读完一个句子之前就理解一个句子。

2. 我们也无法在读完一个句子之后就理解一个句子。

3. 我们只能假设我们理解了一个句子。

将语言作为一个对象思考

————————————

　　这是人类能够思考语言的唯一方式。就像我们思考上帝一样，我们必须首先把上帝变成一个词语，这样我们才能展开对上帝的思考。而基于词语的任何思考，都是语言中的思考，我们是无法直接思考语言本身的，我们思考的永远只能是语言的化身。当你摸一个苹果的时候，你摸到的并不是苹果本身，你摸到的依然是语言中的苹果。

旷野中的椅子

几十亿年前，无边旷野中摆着一把椅子，这把椅子的本质是一个信息，也可以理解为一句神的留言。如果有生命能够解读出这把椅子所携带的信息，这把椅子就会烟消云散。大约在六千万年前，有一只猫来到旷野中的这把椅子面前，它先是绕着这把椅子走了两圈，然后站定，朝着这把椅子喵喵喵叫了一通。这把椅子在听到猫的叫声之后，大约滞后三秒，就在猫的面前像烟一样消散了。神的留言来到了一只猫的头脑中。后来神的留言就在无数只猫的头脑中传递继承，六千万年过去了，神的留言依然在猫的头脑中传递继承，这就是为什么有的时候你家的猫看着你的眼神像看着一个傻子一样。

清晰

这个世界上发生的所有事情，都只能在语言中呈现出清晰的一面。

清晰2

这个世界上发生的所有事情，都只能在上帝的眼中呈现出清晰的每一面。

彼得

彼得十八岁那一年没有吃过一个汉堡，没有坐过一次汽车，没有打过一个电话，这主要是因为彼得十八岁那一年，汉堡、汽车和电话还没有被发明出来。

彼得2

彼得十八岁那一年没有吃过一个汉堡，没有坐过一次汽车，没有打过一个电话，这主要是因为彼得十七岁的时候就死了。

彼得3

彼得十八岁那一年没有吃过一个汉堡，没有坐过一次汽车，没有打过一个电话，这主要是因为彼得十八岁那一年吃过很多个汉堡，坐过很多次汽车，打过很多个电话。

短暂的一刻

没有人看见风，只看见她的头发突然被吹了起来，遮住了她的脸。她没有抬手去拨开头发，头发一直遮着她的脸，她任由头发遮着她的脸。这个女孩在等风过去，她闭着眼睛，享受着这短暂的一刻。

故事中的漏洞

在现实中完全可以被保留，一件漏洞百出的事情完全可以真实地发生。

伴随

　　一件新物，如果没有被语言捕捉到一个新词中呈放，我们就无法单独看见它。

伴随2

一件事情中如果没有物的参与，这件事情就永远也不会发生。

永恒的假象

现实中到底发生了什么事情，我们只能等待语言告诉我们，而语言告诉我们的永远是这件事情在语言中的模样。语言即使没有撒谎，它告诉我们的也只能是经过它转述的现实，那就是我们知道的唯一的现实，即语言中的现实。我们不是活在现实世界中，而是活在语言告诉我们的现实世界中。

相信与怀疑

我相信语言外面确实存在着一个现实世界，但我怀疑这个现实世界也是上帝用语言创造的。

逻辑真实

如果我是一块石头，这块石头正在睁着眼睛看着电脑屏幕。

逻辑真实2

———————————

　　小张活了几十年从来没有牵过任何一个女孩的手，因为小张没有手。

逻辑真实3

———————————

　　小张高中的时候从来没有在课堂上睡过觉，也从来没有被老师批评过，因为小张从来没有上过高中。

老死不相往来也是一种交往的方式

而且是深情的一种。

一部关于拳击的电影

电影里那个被打得鼻青脸肿的拳击手，他一个人走在午夜的街道上，抽着一根教练在休息室给他点燃的烟。从这根烟被点燃开始，到这个拳击手叼着烟走出拳馆，到他在午夜的街道上一边走路一边抽烟，到最后他把这根烟抽完扔掉是一个一镜到底的长镜头，魔鬼般的细节出现在这根烟被拳击手抽完的时候，他恰好走到一个岔路口的垃圾桶旁，他几乎完美地没有任何停滞地随手就把这个烟头扔进了出现在身旁的垃圾桶。如果这根烟不是在休息室里就点着了，那么拳击手路过这个垃圾桶时，这根烟就极有可能没有抽完，那样他就有可能把这根烟扔到路上或者站在垃圾桶旁抽几口再把这根烟扔进垃圾桶。那样的话，就完全是另外一部电影了。我怀疑这个拳击手走这段路的步速，点烟的室内与拳馆出口的距离，他的呼吸，他隔多久抽一口烟，甚至当天吹过烟头的风速，都在导演的设计和考虑之内，一切都是为了在他抽完最后一口烟的那一刻垃圾桶完美地出现在他的身旁。那根烟是一个比喻，垃圾桶是另一个比喻，那根烟是拳击手在一生中能够得到的唯一的安慰，那个出现在完美时空的垃圾桶是这个拳击手此生能够遇见的所有好运气的象征。抽完那根烟，走过那个垃圾桶，拳击手的人生只剩下无尽的黑暗。

词语的秘密

每个词语都有属于自己的流量。

词语的秘密2

当一个词没有流量的时候，它所携带的信息也没有了流量。

词语的秘密3

你永远无法说出一个不依赖任何语境就让别人理解的词。

对自我的认识

———————————

1.帅如果能当饭吃，我将永远处于吃撑的状态，好可怕。

2.经过这么多年，我终于认识到，我只是一个又帅又有才华的普通人。

3.希望这个世界不要对长得好看的人有偏见。

4.如果你总听到别人说，你是一个天才，那当你听到别人说你很优秀的时候，你就会感觉受到了极大的侮辱。

5.这么多年，我绝望地发现我的立身之本是颜值，才华只是赠品。

6.其实每个人都可以认为自己很帅，只不过我的帅都是听别人说的。

7.很多人都说我是一个天才，但我自己很有自知之明，我知道和我的美貌相比，我的才华完全不值一提。

8.我帅得完全不讲道理，特别地盲目。

9.别人给我贴的标签是帅、好看、靠脸派，我觉得他们非常的客观无情，实事求是。

论世界

语言中的世界是我们能够认识的唯一的世界。

吃粥

早上吃粥，发现粥里有一个小虫子，想了又想……还是决定不吃它了，继续吃粥才是正经事。

默默

最近太忙，家里多日没有打扫，我实在看不下去了。今晚脱鞋进屋后，我默默摘下了我的眼镜。

陆上行舟

一辆在陆地上行驶的汽车，它的方向盘后面，坐着一个恍惚的中年渔夫。在等红灯的短暂时间里，他感觉到水泥海面上微微的晃荡。

火星招待所

是一个建立在月球上的非常破的小旅馆，它最大的卖点是，从每一个旅馆房间的卧室窗户看出去，都可以看见窗外缓缓自转的蔚蓝色的地球。我第一次入住火星招待所时，在窗边站了整整一天。

独自吃晚餐的猎人

猎人独自在昏暗的灯光下吃晚餐，吃到一半时，挂在旁边墙上的鹿头轻声对猎人说："先生，您今天看起来有点孤独。"猎人转头看墙上的鹿头并对它回以微笑，微笑还没有完全从猎人的嘴角消失，猎人就转过头来，继续静静地吃晚餐。直到晚餐结束，墙上的鹿头再也没有发出任何动静。

弯腰扫地

双层公交车堵在临近傍晚的道路上，透过公交车上层的车窗，我看见路边二楼房间里的一个年轻女孩，她正在弯腰扫地。她扫地时移动的方向离她房间的窗户越来越近，也就是离我越来越近。房间里的灯光照在她黑色T恤外面的洁白胳臂上，照在她短裤下面洁白的长腿上，照在她身旁的白色沙发上，那灯光里有一种温柔和安静，被我感受到了。此刻她已经弯腰扫到窗前，不出意外，她即将抬起头来。就在这时，公交车突然往前移动了一小段距离，然后又堵住了。那个灯光明亮的二楼窗口恰好被错过，它现在落在了我的身后。我在座位上绝望地闭上眼睛，这一下突然的移动，再次加深了我对人生的理解。人生就是这样，那张你永远无法看见的年轻女孩的脸就是欲望的边界。

伯恩

组成伯恩的所有原子决定在他喝晚饭后的第一口咖啡时各奔东西。因为稍微有点烫，晚饭后伯恩只喝了一小口咖啡，咖啡还没有来得及顺着食道进入胃，他整个人就突然在空气中消散了。那一小口咖啡最终洒在了曾经站立着的伯恩两脚之间的地毯上。

河神

河神面对大海看了很久，他非常失落，因为没有他认识的海浪。

午夜时分

———————————

　　午夜时分，除了抽烟，不应该谈论任何存在。万物都需要休息，万词也一样。

时间

———————————

时间将一辆停在楼房阴影里的自行车移动到阳光下。

理发师

到处都是剪头发时和顾客搭讪推销会员卡的理发师。我梦想着有一家与盲人按摩院类似的失语者理发店，里面每一个理发师都是彻底的失语者。剪发的全程理发师都保持着神圣的缄默。只有顾客可以说话，但也要尽量简短，一句话不能超过十三个字。如果真有这样的理发店，那些自闭而又害羞的顾客将如黑色的潮水般涌进理发店的大门。

沙丘

　　对于一座缓慢移动的庞大沙丘而言，它的每一粒沙子无论是在最上面，还是在最下面，都没有任何的自我意识，更不要谈对一个随风漂泊的国度的归属感。

火星招待所2

入住火星招待所的第二天，我从前台服务员手里租下一架望远镜。接近下午两点，我在月球上的望远镜中终于锁定地球上你家的房子，但是没有看见你从房子里走出来。我只好盯着你家的屋顶看了很久，我甚至看见你家屋顶上有指甲盖那么小的一块灰白色的鸟屎。

好运气

他一生的好运气全部用在了他的葬礼那天不下雨上。那真是北方一个难得一见的好天，刮着无比美妙的微风。他的儿子紧紧攥着骨灰盒，彻底抹杀他父亲的骨灰在埋入黑暗的地下前与这无比美妙的风有任何接触的可能。

埋棺

和吕德生聊天，聊到老家的一个故事。就是在北方的农村，土葬转为火葬的政策转折期，很多农村老人最后的遗嘱都是，嘱咐自己的子女一定要让自己以土葬的方式入土为安。于是，子女们为了让去世的父母逃脱火葬绞尽脑汁，但是执行火葬政策的警察非常聪明，他们很容易就能找到去世老人的土葬地点，然后将老人的尸体挖出来拉去火葬，其间甚至还差点儿闹出人命。一场在子女与警察之间斗智斗勇的行动在北方农村秘密而又热烈地展开，我们村子几乎所有去世的老人最后都被拉去火葬了。只有一户人家，他们是三兄弟，父亲在他们很小的时候就和其他女人跑了，母亲含辛茹苦地把他们三个养大。母亲去世后，他们将母亲秘密埋入了一个地点，这个地点只有他们三兄弟知道。警察想尽一切办法，最终也没有找到任何线索，三兄弟对于母亲土葬的地点缄默如谜。这件事在我们那里轰动一时，传为美谈，直到现在十几年过去了，这依然是一个传奇。警察已经放弃，但是三兄弟依然保持着警惕，每年的清明扫墓他们都是提前很多天就突然从村子里消失了，没有人知道他们去了哪里，连三兄弟的媳妇也不知道。大家知道的是，清明过后，三兄弟就会重新在村子里露面，和在路上遇见的乡亲们温和地打招呼。看着他们脸上放松的神情，大家就知道，他们刚刚给他们热爱的母亲扫墓归来。

K

　　K也可以是一把竖起来的长椅。现在让我们在脑海里通过顺时针旋转九十度把这把长椅（K）放平，然后卡夫卡的灵魂现身坐在上面，静静地看着屏幕外的世界。

语言中的世界电影版

　　他进入了一个奇异的空间，这是语言中的世界，一座万词之城，城里的每一个人或怪物都是一个词语的化身。他知道这座城的真相之后，就在这座城中到处打听真理的居所，他很想见见真理的样子，他还想见见虚无的样子，还有就是他非常好奇爱情长什么样。最终，他见到了爱情、虚无与真理，并与他们三位展开了三场谈话，每场谈话都充满了思辨与象征。最后真理告诉他，在他进入这座城的那一瞬间，他也代表了一个词。他在语言世界中的游历，本身就是一个认识自我的过程。他如果想回到现实中的世界，他必须在这座城里通过与其他人或怪物（词语的化身）的交往，认识到自我代表的那个词到底是什么，然后要找到一些人与自我代表的那个词组成一句话才能出去。而他在探索的过程中越来越意识到，他如果想离开语言中的世界，他要组成的不是一句话，而是一句诗……

KKKKKKKKKKKKKKKKKKKKKKKKKKKKKKKKKKKKKK
KKKKKKKKKKKKKKKKKKKKKKKKKKKKKKKKKKKKKK
KKKKKKKKKKKKKKKKKKKKKKKKKKKKKKKKKKKKKK
KKKKKKKK

———————————

　　如果每个K都是一把竖起的长椅，我不知道把多少个K顺时针旋转九十度放平，能让所有前世的我都坐在上面，一起看着屏幕外正在打字的我。

重新理解的伤感

　　《西游记》中一起去西天取经的唐僧、孙悟空、猪八戒、沙僧，确实是一个比喻，他们其实是一个人。这四种人格在这个人的身上同时出现，我认为真正的主人格是最不起眼的沙僧，只有真正的主角才会全方位地掩饰自我。在这个流传多年的故事中，三个副人格贡献了超级精彩的演出。这个故事结束后，唐僧、孙悟空和猪八戒都会彻底消失，独留一个沙僧度过平庸的一生。我们每个人都是沙僧，这确实有点伤感。

红玫瑰没有参加过葬礼

红玫瑰没有参加过葬礼，这不是红玫瑰的错误，主要是没有人带着红玫瑰去参加过葬礼。

01KA

如果你看过我的全部小说，你就会知道0是西西弗斯推的那块石头的灵魂，它在你写下的瞬间默默地看着你。1是孙悟空金箍棒的数字化。K是一把竖起的长椅。A是最小的金字塔。那01KA是什么呢？有一种可能是，有一天，西西弗斯推的那块石头的灵魂和数字化的金箍棒、竖起的长椅、最小的金字塔相遇了，它们觉得很难得，于是照了一张合照，这张合照从人类的角度看过去，就是01KA。至于合完照后，它们去了哪里，我也不知道，那应该是下一个故事。

四个小矮人

四个小矮人无论走到哪里，都会有人凑过来小声问他们，另外三个小矮人去哪儿了？这是一个让四个小矮人绝望的问题，他们拒绝回答。事实是另外三个小矮人不告而别，去了遥远的地方。在那遥远的地方，一群陌生人凑过来小声问他们，另外四个小矮人去哪儿了？三个小矮人也很绝望，他们没有想到跑了这么远，还是无法摆脱另外四个小矮人。三个小矮人不禁回忆起七个小矮人在一起的时光，那时候遇见他们的人都会凑过来小声问他们，白雪公主去哪儿了？

八个小矮人

八个小矮人无论走到哪里，都会有人凑过来小声问他们，你们怎么多了一个？

谜

当你和一个谜混熟了，你就对谜底再也不感兴趣了。因为你怕当谜底揭晓的时候，谜，就消失了。

每个人最多只能参加23场葬礼

他曾经带着一朵红玫瑰去参加她的葬礼。在踏进殡仪馆的瞬间，他手里的红玫瑰就变成了黑玫瑰。他问红玫瑰怎么回事？红玫瑰说，我到了这个地方就感觉特别伤心，我一伤心就会变成黑色。他说，原来你这么容易动感情啊！红玫瑰说，难道你不伤心吗？他想了想说，唉，我伤心得已经是另外一个人了……所以我不伤心了。

闭环先生

他去任何地方都坐火车。他一生坐火车去了好多很棒的地方。有一天黄昏，他又一次坐在客厅的沙发上安静地等待着火车穿墙而过朝他开过来。在这狭小、昏暗又空荡的站台，只有他一个人坐在这里，而铁轨早已被巧妙地隐藏了起来，他即使站着也看不见。

精神力量

总有人会从一句话中获得精神力量，比如"我命由我不由天"。我思考过很多年这个问题，为什么精神力量会储存在一句话中？除了精神力量，是否还有其他不知名的力量也储存在一句话中？一句话的内部就是一个卷曲起来的多维空间吗？这是一件细想起来会让人感觉非常神秘的事情。

改写乌青的一首诗

乌青原诗：

> 莫名其妙地
> 在脑中出现一把左轮手枪
> 并非一下子出现
> 先是出现一个部件
> 我完全不知道是什么东西
> 然后逐渐出现更多的零件
> 然后它们自己组装成了一支
> 左轮手枪
> 直到这时候
> 我才明白，哦
> 这是我脑中的左轮手枪
> 最后出现一颗子弹
> 我在脑中把它装进了转轮
> 接下来我不知道该做什么

刘按的改写：

看完乌青的诗，刘按的脑中也出现了一支把左轮手枪，它是一下子出现的。刘按在脑中将左轮手枪的转轮向左甩出，看见里面已经装上了一颗子弹，他又将转轮甩回去，然后在脑中扣动扳机。扣第一下，发现是空的，他又扣了第二下，发现还是空的，然后他扣了第三下，子弹经过黑暗的枪管突然从刘按的脑中破颅而出。子弹从一个世界穿越来到了另一个世界，它接着穿越了墙壁，又穿越了隔壁邻居家的墙壁，又穿越了隔壁邻居的邻居家的墙壁，最后子弹从楼房最外面的墙体破墙而出。穿越一段虚空，很快就穿破另一栋楼房的墙体，向这个世界的更深处穿越而去。

拳击手剥橘子

拳击手一生只剥过一只橘子，在他决定退役的那天下午，他盯着桌上的橘子看了很久，脸上流露出一种不知所措的神情。后来他深吸一口气，把这个相对于他的手而言太小的橘子拿了起来，他看着这个静止在手心上的小橘子，压抑着把它一口连皮直接吞掉的冲动。他知道，另一种没有拳击的平凡生活，即将从剥开手里这只太小的橘子开始。他将橘子从右手的手心倒到左手的手心上，他又看了一会儿，他感觉可能是自己看着它的时间太长了，他已经有一点舍不得剥这个橘子了。但他深知，有一些事情是无法避免的，一个退役的拳击手，需要勇气和细腻，以及无与伦比的耐心，去轻轻地剥开一只新鲜的橘子。这只又小又漂亮，表面有一些褶皱的橘子就是另一种即将在他眼前打开的生活。他又深吸了一口气，他觉得自己已经准备好了。

阳光好到一定程度我们再打扫卫生

————————

　　岛上殡仪馆中的死人慢慢地从棺材中坐起来，他睁开眼睛直视前方，过了一小段视野模糊的时间，他就清楚地看见了落地窗外蔚蓝色的大海。殡仪馆中静悄悄的，他坐着看了一会儿，又在棺材中重新躺下。这回直到被推进焚化炉，他闭上的眼睛再也没有睁开。他确实已经死了，这突然坐起来的一下，只是为了调整这个现实世界在他最后一眼中的印象。

飞刀表演者的孤独时刻

他会用他平时无比珍视的那把特别的飞刀削一只红苹果，他削得非常慢，但是又感觉非常流畅。当他削完一只红苹果，整个苹果上的红色的苹果皮从头到尾都不会出现任何断裂，它们只是以螺旋的形状将红苹果上的红色取走了。飞刀表演者削完一只红苹果，最孤独的时刻就过去了。他总是把这只苹果送给自己的搭档吃，那个人只要站在不远处的木板前，就是这个世界上最相信他的人。

如果动物园里面养火车

就说明火车是一种动物。有一天，我在火车这种动物的体内睡着了，睡得很香。当我醒来的时候，这只火车还在黑夜中不断向前蠕动。透过它庞大身躯上的一扇小窗户，我看见外面的世界比我想象得要更安静一些。这只火车和我在动物园看见的另一只一样，它们无论在哪里，都是一种轻易就可以把孤独和忧伤传染给人类的动物。

一个括号能够囊括的句子可以是无限的吗？

我认为是可以的，甚至左括号可以在原地完全不动，而右括号则永远在运动中。随着右括号不断地运动，左括号和右括号之间的距离不断拉大，越来越多的句子在它们之间繁殖。理论上，这个世界上所有的句子都可以囊括在一个简单的括号中。括号之外只剩下一些孤单的词语，这些词语中的每一个都在括号之内的句子中出现过。这个括号说起来有点神秘，它是一个永远在运动的括号。我们如果能够用手机拍下关于它的照片，那张照片拍摄到的一定不是真正的它，它不是我们能够看见的"（　）"，它永远也不会静止，每个瞬间它都在变动。这个括号真正的样子，我们只能想象。这个括号真正的样子，当然包括它们中间那永远在衍生的无限的内容。

有一个孤独的小提琴手

＿＿＿＿＿＿＿＿＿＿

他拉小提琴只有一个原则，就是不能让除了自己以外的其他任何人听见，所以每次他都要找一个非常偏僻的地方。后来他找到一片荒野，他总是来这里拉小提琴。他真正的听众是荒野、风声与月光，还有刺猬、夜鸟与蛇。每次他对着月光下的荒野拉完一曲，刺猬、夜鸟与蛇都会给他欢呼，只不过欢呼都被风声吹散了，他从来没有听到过。他提着小提琴在月光中往回走，他的头顶上有一只夜鸟在为他领路，他也没有发现。后来有一天，他拉的小提琴被一个过路的农民听见了，农民听得如痴如醉。在他拉完后，农民从远处的黑暗中走过来激动地对他说，先生，您简直是一个天使。他没有任何办法，为了原则，他只好把这个农民杀死了。杀死之后，他又有点内疚，于是他站在农民的尸体旁，又重复拉了一遍刚才农民喜欢的那首曲子。这一回，他拉得太好了，接近天籁，连月光都有些动容，连风声都在黑暗中如波浪般舞蹈，连刺猬、夜鸟与蛇都灵魂出窍，连躺在地上的尸体都慢慢坐了起来。这个仿佛上帝亲临的夜晚，孤独的小提琴手杀了两遍农民，而农民在逐渐明亮的月光中只坐起来一次。

上帝、佛陀、我妈、宙斯一起打麻将

———————————

　　最终，我妈一家独赢，上帝输掉了宇宙尽头的别墅，佛陀输掉了西天极乐世界，宙斯输掉了奥林匹斯山的永久产权。哈哈哈哈哈，过了这么多年，我妈依然是那个打麻将从来没有遇到过真正对手的女人。

无头骑士怀念自己还可以戴帽子的时光

无头骑士并不怀念自己的头，他知道自己的头被上帝带去了天堂，在那里，它可以过上一种陌生而又崭新的精神生活。他只是怀念自己的头还在肩膀上的时候，他戴着一顶帽子徒步穿过熙熙攘攘的人群，在人群的中间慢慢转身回头看落日的那一刹那。那是他戴帽子看过的最后一个人间落日。那时，他甚至还不是一个骑士，他还没有找到属于自己的那一匹黑暗的马。

凭什么说这个木匠做的棺材是有史以来最好的？

当质疑这一点的人们来到木匠住的房子前，他们还没有见到木匠，只是看着木匠住的房子，就彻底打消了疑虑，并为自己的怀疑感到无限的羞愧。他们不知道怎么形容木匠住的房子，不知道这是一栋漆黑油亮的棺材形状的房子，还是一口房子那么大的漆黑油亮的棺材。他们围着这个奇特的建筑转了一圈，发现它真的像棺材一样，每一面都是封闭的，难道入口在棺材的屋顶上？就在他们纷纷抬头朝上看的时候，离他们脚边很近的地面上悄悄出现了一个圆形洞口，木匠完全陌生的头颅顶着灰白稀疏的头发从地下默默地升了出来。

鸟中隐士

有一天，我仰头对着一群飞过头顶的鸟问，谁是一颗子弹？鸟群中有一只鸟突然悬停，然后在空中机械变形成子弹坠落在我家后院中。我弯腰找了一会儿，很快把它捡起来，发现这是一颗浑身漆黑的子弹。

鸟中隐士2

    有一天，我仰头对着一群飞过头顶的鸟问，谁是一顶帽子？鸟群中有一只鸟突然悬停，然后开始膨胀，在膨胀中的那只鸟化作一顶帽子从高处徐徐飘落。它还没有落地，我就看见这是一顶白色的帽子，最后在空中我用双手接住了它。

鸟中隐士3

有一天，我仰头对着一群飞过头顶的鸟问，谁是一只气球？鸟群中有一只鸟突然悬停，然后砰的一声变成一只红色的气球，向更高的地方飘去。我看着这只红色的气球在天空中越飘越远，我站在地面上挥手向它告别。

鸟中隐士4

有一天，我仰头对着一群飞过头顶的鸟问，谁是一首诗？整个鸟群突然悬停，然后每只鸟的身上都开始冒烟，烟越来越浓，迅速遮住整个鸟群，等烟全部消散后，一只鸟都没有留下。我低头想了一会儿，恍然大悟，原来每一只鸟都是一句诗，刚才那一群鸟组成了一首诗。这首诗现在已悄然出现在我的心中。

好消息与坏消息

有一个人，他总是和好消息一起出现，他每次出现，都会给大家带来一个好消息。时间长了，人们看见他，即使他还没有说话，人们就已经很开心了。还有一个人，他每次出现，都会给大家带来一个坏消息。时间长了，人们看见他，即使他还没有说话，人们就已经很难过了。

山中大门

　　有一扇山中大门，永远处于关闭状态。一万年以来，无数路过的人上前敲门，从来没有敲开过。他们也尝试过各种非常规的方式开门，无一例外，全部未遂。时光飞逝，很快就来到了2021年。有一天，山中大门突然自己开了，有路过的人好奇地进去一看，发现里面是装修非常现代的一室一厅，有沙发、床、空调、电视、洗衣机、微波炉、书籍等（其中有一本书是2021年1月刚出版的）。也就是说，山中大门只有在屋子里面的每一件物品都变得普通的时候才会打开。

没有的世界

白鲸没有在茶杯里度过它的童年。圆没有角。水鬼没有干燥的衣服。

一句神圣誓言

———————————————

最开始，它是一个携带着约定与诅咒的句子。当约定被破坏，诅咒就开始启动，它变成一句神的真言，具备惩罚违约者的功能。后来，这句话就被遗忘了。很多年之后，它又被人用另一种语言（声音）重新说出来，但是已经丧失了神性，沦为一句谎言。再后来，它成为一句诗，你极有可能读过。

唯一的神

可以通过逻辑推导出的那个神，就是唯一的神。人类总有一天会通过逻辑推导出那个神。

高处的对话

_____

A：请从左数第793,253,217,709,348,974,745,946个抽屉里掏出一个红苹果给我。

B：抱歉，先生，那个抽屉里的红苹果昨天被我吃了。

A：你怎么会想到吃那个抽屉里的红苹果？

B：嗯，事实是我把所有装红苹果的抽屉都打开了，把里面的每一个红苹果都吃了。

A：你吃了多少个红苹果？

B：无穷个。

A：吃了多久？

B：和吃一个红苹果花费的时间差不多。

A：一个都没有给我留？

B：抱歉，先生。我太爱吃红苹果了，如果我留下一个，我的人设就坍塌了。

A：你啥时候建立的人设？

B：昨天。

A：那无限的抽屉里真的一个红苹果都没有了？

B：真的一个红苹果都没有了。

A：你不要随便给自己建立人设啊！

B：这其实是我给自己建立的第一个人设。

A：唉，那现在我想吃红苹果怎么办？

B：要不我回伊甸园给您摘一个？

A：我立刻马上瞬间就想吃啊！

B：要不我用程序给您编辑一个？

A：不要，我要吃一个真实的红苹果。

B：嗯，您要不想想有没有更想吃的东西？

A：你说得我更想吃一个红苹果了。

B：要不我给您吐出来一个？

A：别，太恶心。

B：那就让我永恒的愧疚伴随着您永恒的渴望吧。

A：你这么一说，我好像没有那么渴望了。

B：您这么一说，我好像也没有那么内疚了。

A：不是，你该内疚还是内疚。你要不内疚，我肯定又渴望了。

B：好吧，就让我永恒的内疚伴随着您短暂的渴望吧。

A：说好的永恒的内疚啊，一秒都不能少。

B：先生，我这是比喻啊！您不会听不出来吧？

A：我还真没听出来，我觉得你是在陈述事实啊！

B：不，我是比喻。

A：不，你是在陈述事实。

B：不，我是比喻。

A：不，你是在陈述事实。

这样重复机械的对话已经在某个高处持续了一百万年，他们依然乐此不疲。

句子避难所

当你读到一个句子，突然感觉很悲伤，有可能是因为躲在这个句子中的东西不小心泄露了自己的气息，也有可能是你身上的悲伤想悄悄逃进这个已经容纳了很多不同来历的悲伤在此居住的二维建筑，但是被你敏感地觉察到了。

句子避难所2

据说乔伊斯的所有写作，都是为了掩护一个神赐给他的有避难功能的句子。我认为这个句子就藏在乔伊斯的短篇小说集《都柏林人》的最后一篇《死者》中。我认为就是这个句子——"整个爱尔兰都在下雪。"这是一个句子型的幽魂避难所，也许每一次我念这个句子，乔伊斯的幽魂在里面就会听见某种奇妙而又混沌的回声。

乡村婚礼

如果让我来写《乡村婚礼》，开头第一句我准备这么写：我爸和我妈结婚的时候，我还没有出生，所以这是一场他们后来给我讲述，现在又被我转述给你们的乡村婚礼。

两个天才推销员

他们都想把自己的产品卖给对方，同时下定决心坚决不买对方的产品。经过一番长谈之后，他们真心认为对方的产品太好了，必须买，同时真诚地告诉对方，其实自己卖的产品非常烂，之前说的都是骗人的，一定不要买。但是，他们都相信对方之前说的，都想买对方的产品，同时他们更相信自己后来说的，自己的产品真的烂。最后的结果是，他们被彼此购买的渴望深深打动了，他们还是将产品卖给了对方，然后他们都为买到对方的产品而感到开心得要命，同时为自己将产品卖给对方而感到无限的羞愧。

这块橡皮是绿色的

有一块这样的橡皮，比如在一张纸上写下一个句子"×××××××"，然后用这块橡皮把这个句子轻轻擦去，与此同时，宇宙中所有关于这个句子的记录都被擦去了，所有语言中对应这个句子的那个句子以及用不同的语法表达这个意义的句子都消失了。人的头脑中关于这个句子的记忆也消失了，并且在遥远的未来，再也不会有人重新想起或说出这个句子，这个句子在时空中的可能性彻底消亡了。写在纸上被擦去的那个句子，是这个句子的本体，本体的消失带来所有语言世界中表象的消失。这块橡皮是绿色的。如果你向别人转述这个故事，一定要强调这块橡皮是绿色的。其他的都可以添油加醋，任意修改，但是这块橡皮是绿色的，这一点千万不要改，至于为什么，你也不要问，因为我也不知道。我只记得有一个陌生的声音在我耳边悄悄对我说，讲这个故事的时候一定要强调，这块橡皮是绿色的。好吧，为向这个陌生的声音表示敬意，我最后再强调几句，这块橡皮是绿色的，这是一块绿色的橡皮，这块绿色的橡皮是绿色的，这块绿色的橡皮不是其他颜色的，这块绿色的橡皮和其他所有绿色的橡皮一样绿。我们不知道这块橡皮的里面是不是也是绿色的，我们只知道，至少它从表面看上去，是一块绿色的橡皮。那是一种非常好认的标准的绿色，只要不是色盲，任何正常人看到它，都会意识到，这块橡皮是绿色的。我们不管其他绿色的橡皮是什么颜色的，我们只需要记住，这块橡皮是绿色的，我们可能永远也没有机会真正看见这块橡皮，但是我们要记住，这块橡皮是绿色的。即使这块橡皮有一天用完了，它在我们的记忆中，这块橡皮依然是绿色的。这块橡皮出现在传播中，无论多少个人转述这个故事，都要保证，这块橡皮是绿色的。以我对传播的了解，这非常难。在跨越时空的传播中出现错误，几乎是一种必然。但是这块橡皮是绿色的，这一点，是不可动摇的。即使你传播错了，在听者的耳中，它依然是绿色的。无论你说它是什么颜色的，听起来这块橡皮都是绿色的。无论你写下来这块橡皮是什么颜色的，读起来这块橡皮都是绿色的。这太奇妙了，现在，我尝试着写一句：这块橡皮是绿色的。很多年后，当你读到这句话的时候，你看见的却是，这块橡皮是绿色的。简直不可思议。

行刑人

　　行刑人走在古老的大地上，谦卑如雪山一般从他的内心深处缓缓升起。随着时间的流逝，雪山早已高耸入云，连行刑人自己闭上眼睛，也无法看见它白色的山尖。对于大地之下埋藏的无数尸体而言，行刑人一生的冷酷和贡献，都是微不足道的。行刑人走在古老的大地上，就像是走在以尸体为原材料修建的巨大的教堂中，即使在遥远的未来，也不会有一个活着的人目睹它最后的完工。

避暑

    在最热的日子来临之前，她一直在院子里秘密驯养一朵白云，经过一段时间的调教，这朵白云已经可以按照她的指令随时变成一朵乌云。阳光直射干燥得快要冒烟的大地，如果她需要，它还可以降雨，单独将她一个人浇成一只让人羡慕的落汤鸡。只不过，她舍不得它下雨。那个夏日过去很多年，它看起来依然像以前那么大，静静地悬停在她家越来越旧的屋顶附近。

亡灵

他先认出了七十年前就死去的朋友，他的朋友还像当年死去时一样，是一个安静的少年，而他已经老得可以当他朋友的爷爷了，他的朋友已经完全无法从他的外表辨认出他了。在这个古老的死者世界，两个人世的旧友以亡灵的面目再次重逢。因为死亡的时间相隔太久，他们友谊的火苗尚需一些时日才能够恢复旺盛，到那时候，这两个一起光屁股长大的童年玩伴将成为另一个世界的忘年交。

三个人依次笑

A先笑了，A独自笑了一会儿；然后是B，B开始笑的时候A的笑还在继续，B和A一起笑了一会儿；然后C开始加入，A、B、C一起笑了一会儿后，A就不笑了，B和C继续在笑；又过了一会儿，B也不笑了（B从来没有独自笑过），只剩C一个人在笑，A和B看着他一个人笑。C笑的时间最长，远远超过了A，也超过了B。C的笑声持续的时间太长了，A和B的脸上都出现了困惑的表情，A和B互相看了一眼，A看见了B脸上困惑的表情，B看见了A脸上困惑的表情。他们最开始以为自己知道C为什么笑，但是这个时候，他们都有点不确定了。

深夜去超市给女朋友买卫生巾

深夜去超市给女朋友买卫生巾，是一个男人能做到的最神圣的事。没有深夜去超市给女朋友买过卫生巾的男人，永远是长不大的孩子。深夜去超市给女朋友买卫生巾，那种心情，只有一个深夜去超市给女朋友买卫生巾的人才能体会到。深夜去超市给女朋友买卫生巾，一定不要同时买其他任何东西，目的一定要单纯，这是一趟专门去超市给女朋友买卫生巾的深夜之旅。那些深夜去超市给女朋友买卫生巾，又顺便买一包烟的男人，在这个世界上将永远是迷途的羔羊。

接下来我尝试着把上面这篇小说改成一首诗：

深夜去超市给女朋友买卫生巾
是一个男人能做到的最神圣的事
没有深夜去超市给女朋友买过卫生巾的男人
永远是长不大的孩子
深夜去超市给女朋友买卫生巾
那种心情

只有一个深夜去超市给女朋友买卫生巾的人才能体会到

深夜去超市给女朋友买卫生巾

一定不要同时买其他任何东西

目的一定要单纯

这是一趟专门去超市给女朋友买卫生巾的深夜之旅

那些深夜去超市给女朋友买卫生巾

又顺便买一包烟的男人

在这个世界上将永远是迷途的羔羊

一个西红柿

我在超市里拿起一个西红柿端详，我把它拿在手上，心想，这就是一个西红柿啊！西红柿很普通啊，几乎所有人都认识西红柿，吃过西红柿，但是我看了一会儿，就发现这个东西很陌生。这是什么东西？这是一个西红柿吗？什么是西红柿？为什么这个西红柿看起来越来越陌生？我好像从未真正盯着一个西红柿看过这么久，我发现我握着的这个东西比西红柿陌生多了，这是一个叫西红柿的完全陌生的东西。这个东西到底是什么？这不会是孙悟空变的吧？我把它凑近嘴边，小声问了一句，孙悟空，是你吗？我等了几秒钟，这个东西没有回答，但是也无法证明它不是孙悟空，可能孙悟空正在睡觉或者唐僧告诫孙悟空不要和陌生人说话。我多么希望它是孙悟空啊！可是它确实有可能不是孙悟空，想到这里我又想到，即使我手里这个西红柿是孙悟空变的，还是没有解决西红柿到底是什么的问题，因为这个世界上的西红柿太多了，远远超过孙悟空能够变化出的数量。这个陌生的东西以西红柿的名字为幌子普遍地存在于世界上，它们到底是什么，来到这个世界的目的是什么，我们毫无知觉。所有人都认为它们就是西红柿，最普通的西红柿！天天吃的西红柿！愚蠢的人类！醒醒吧！后来我把这个叫西红柿的完全陌生的东西放下，快速离开了那家超市。

灵魂现身的晚餐

他们两个人是在朋友的饭局上认识的，当晚两个人都喝多了，稀里糊涂地就上了床，等后半夜从酒店床上醒来的时候，他们都很尴尬，因为他们对彼此几乎没有任何了解。他们决定不睡了，起来坐在床上聊天，这一聊他们发现，他们从来没有遇见过如此默契愉悦的聊天对象。他们一直聊到天亮，意犹未尽，当即决定续住一天。在这一天里，他们一起出门去吃午餐，一路都在聊，吃完午餐回到酒店做了一次爱，做完之后继续聊，聊到天黑，又叫了外卖在房间里吃晚餐，他们仿佛有聊不尽的话题。这对于这对中年男女来说，确实是不可思议的经历，他们各自单身多年，对遇见灵魂伴侣这件事，基本持绝望态度，他们没想到会遇见对方。这一夜就在聊天、做爱、喝酒中度过了。等他们再醒来，都有很多工作琐事要去处理，他们在酒店门口惜别。过了很多天，他们分别忙碌着，但都在心里牵挂着对方。后来有一天，男人给女人打电话，又约见面。这一次，男人决定告诉女人一个秘密。他们又约在酒店，见面就是上床，然后聊天，强烈的爱的感觉没有任何减弱，反倒随着彼此的了解还在加强。他们逐一讲了各自的生活经历，是怎么从小到大活过来的，他们又几乎聊了一个通宵。天亮的时候，男人对女人说，我有一个秘密，我从来没有和任何人说过，但我还是决定和你说。女人听了以后觉得太巧了，因为她也同样有一个没有说过的秘密准备说给男人听。男人决定先说，他的秘密就是，他能够看见自己的四个分身，四下无人的时候，他就会把他们召唤出来，陪自己聊天喝酒。这四个分身奇形怪状，他不知道外人是否能够看见他的分身，因为他从来没有尝试过在有外人的时候召唤过他们。男人认为这四个分身，都是他灵魂的化身，他们五个人，组成一个完整的"自我"。听完男人的秘密，女人惊讶地捂住了嘴，女人的秘密竟然和男人是一样的，她也有四个隐秘的分身。她这么多年，之所以能够独自度过，就是因为有这四个分身陪伴着她。男人听了，也无比震惊。他们觉得一切都太不可思议了。他们越来越觉得对方可能就是自己宿命中的灵魂伴侣。最后，他们决定约一顿让彼此的灵魂化身全部现身的晚餐，在女方的家里。约定的日子到来了，男人赴约。两个人在一个长桌前相对坐下来，每个人的旁边都有四把空着的椅子。男人说，要不还是我先来召唤吧。女人说，好。男人说，我的第一个分身是一个白衣长发女鬼，你做好准备，别被吓到。女人笑着表示已经做好准备。男人开始闭眼召唤，过一会儿，他旁边的椅子上，就出现了这个白衣长发女鬼。男人问女人能看到她吗？女人说，能看见。男人接着召唤第二个分身，男人的第二个分身是一个狮面男子，第三个分身是一个穿西装打领带梳着分头的侏儒，第四个分身是一个机器人。男人的分身全部召唤出来之后，轮到女人开始召唤。女人召唤出的第一个分身是一个浑身穿着盔甲的青铜骑士，第二个分身是狐狸精，第三个分身是一个笑眯眯的胖子，第四个分身是一个绝美的光头女孩。这是一场前所未有的盛宴，男人和女人分别介绍了他们的分身。最开始，只有男人和女人在说话，其他人都在埋头吃饭。后来，男人给女人的分身敬酒，女人给男人的分身敬酒，气氛渐渐融洽，分身们也开始礼貌地交谈。这一晚，大家喝了很多酒，男人和女人，还有他们的分身都很开心。他们最后决定，十个人要永远在一起，组成一个完美大家庭。

幼稚卡车

世界上有这样一辆卡车，它的样子和你在路上曾经看见过的任何一辆卡车都差不多。但是如果你摸它一下，不管摸哪里，无论是摸它的轮胎、车门、后视镜、车厢，还是车前盖，只要轻轻地摸一下，你就会瞬间变成一个白痴。这辆卡车被称为"幼稚卡车"。上帝耗时三个月纯手工打造。当你离幼稚卡车太近的时候，一切都来不及了，它会让你产生一种控制不住想摸它的渴望。在恐龙称霸地球以前，幼稚卡车就被造出来了，但一直放在上帝的院子里没有开出来。在人类的卡车出现以后，幼稚卡车就上路了，它一直混在人类的卡车中间，在地球表面的道路上行驶，有时也静静地停在某个地方，引诱着各种生物（主要是人类）去接触它。所以，要离一切卡车都远远的，因为你看见的任何一辆卡车，都有可能是幼稚卡车。任何一个卡车司机，都有可能是上帝。

我知道你是谁

————————————

有一天深夜，关灯后，我躺在床上睡不着刷朋友圈，刷到诗人竖发的一条朋友圈，只有一句话："我知道你是谁。"我盯着这句话看了很久，后来我闭上眼睛，在脑海里的黑暗中想，如果真的有人知道我是谁，那我可能会有点想哭。我一直以为没有任何人知道我是谁，包括我自己。

长篇《语言中的世界》节选

1

手里拿着一个柚子轻轻往空中抛的人又能坏到哪儿去？一只鸟已经飞过边境线，它一年前掉下的那根羽毛还飘荡在空中。女人很难对一只飞蛾保持客观。世界在你说出一个新词的时候变得复杂。没有人知道雀斑的分布是否符合数学规律。枭雄入狱，好汉低头，侠隐，烂人凋零。只要你不感到孤独，鸟就不会感到委屈。只有一只獾的生活习惯是无法改变的。任何事都可以轻松瞒过一朵下午正在开放的雏菊。雨天不要往窗外看，对于这样的警告，养马的人可以忽略，但是养猫的人最好都要遵守。维也纳的街道上无论多晚都有人走。我总想到童年的后半夜，我闭着眼睛推开门走到院子里小便，浑身上下都被月光照耀着。如果有人能够随时遇见悲伤，那一定要学会心不在焉地眺望。不到万不得已，不要吃甜食。最终我们都会成为擅长隐藏绝望的高手。如果家里没有酒了，也不要慌。条纹在一匹布上均匀分布。到了关键时刻，飞刀表演者已经蒙上眼睛。一场关于命名的对话在一朵白花和一朵红花之间有序展开。只要给在沙发上睡觉的他盖上毯子，他就会醒。猫耳朵里面的空间适合没有意志力的人修行。爱上自己是可以理解的。风带来一个惊人的消息。拆掉一本书的塑封。跟着APP软件学习煎一条鱼。吃药。抽烟。听着洗衣机转动的声音想念故人。这个时代的天才好像都在南方。雨中的出租车开过大桥。一次无法言说的别离总是发生在让人无法忍受的白天。桌子已经非常干净了，但还是可以再擦擦。推翻一首诗并不比推翻一栋乡间的房子更容易。保龄球作为一种运动在很多人还没有学会的时候已经过时了。一棵没有被啄木鸟光顾的树有点自卑我为什么这么完美，没有生虫？意义早已泛滥，唯有废话珍贵。

2

抽烟的女孩总是比不抽烟的女孩更喜欢打火机。天黑下来的时候，我们都在默默地忙着。一顶帽子丢了并不算遗憾，只要它能够被另一个不嫌弃它的人捡到。竖起一根中指的象征，已经完全淹没它的原意，这是一个时代的潮流与无可奈何。转身走进茫茫人海，从来都不是一个小丑的选择。一只企鹅面对一座高大坚固的冰山，那种感觉即使是另一只企鹅也不会知道。事情到底是在哪一步变得无法收拾的，烤面包的师傅并不关心。面对一张充满情色的照片，他真心觉得床头灯的灯罩上面的花纹不错。你能从钢琴声中听出演奏者是否得了绝症吗？或者听出那双手的衰老程度。议论一件过去的事也可以很天真。不要和土豆讲道理。不要怀疑灵魂的隐藏维度。不要沦为甲方的粉丝。0作为分母是一种虚无的美好。这一年他-1岁。侏儒以为自己是小矮人。小矮人以为自己还有漫长的时间可以长大。错误总是在高处和低处同时发生。能量传递不是连续的，时空也不是。异乡人只在空气清新的早晨偶尔仰望天空。标点符号也有属于自己的宿命。口音无法彻底消亡。最后一个下地铁的人是刻意的。落在大地上的第一滴雨是随机的。在童年吹过蒲公英的女孩总是轻易不哭。补一只袜子的机会越来越少。一个充满诗意的关于老鼠的句子，不能由一个仅仅是不讨厌老鼠的人来写。沙发为何总是出现在客厅？床为何总是出现在卧室？窗户为何总是出现在墙上？这些都是这个世界必须要回答的问题。能让你真正感到安全的地方，无论那是一个什么样的地方，它都是妈妈的子宫。你对任何人说出的任何一句话，都不再属于你，那句话只能属于这个语言中的世界。大量的伤感，对于一个脚踝洁白的少女来说，其实并没有那么必要。

3

　　任何一件事情都是在时间中结束的，但不一定在时间中开始。完美的产品也需要修订，它需要一点瑕疵。忧伤如果是一种动物，养它的人都用手摸过它的皮毛。从森林深处传出的鼓声中荡漾着一只羊的迷茫。完全没有任何心事的孩子，才可以把弹子球弹进下午地面上一个堪称遥远的小坑。不是每个人的内心都是一片荒野。个别人的脑海里住着一个菩萨。一只萤火虫只能看见另一只萤火虫的闪烁。一粒灰尘总是与另一粒灰尘在一起。一个人只要一直在路上走，他就一直是一个行人。妈妈从小就告诉我不要用火去烧衣服上的线头。天琴座上也有扫地阿姨。浪子回头是非常老套的戏码。富士山顶的积雪在没有雾的下午看起来非常清晰。教一个女孩敲木鱼。教雪人呼吸。教死神按门铃。一个指甲盖那么大的愿望，喜鹊都没有。总有人喜欢看泥牛入海，江郎才尽，而他最想看的是这个世界上没有的东西。对于一个悄悄走进夜色的人，他终将悄悄走出夜色。依赖是一种他听说过但是从来没有体会过的情感。会炒回锅肉的女孩是一个古老的陷阱。每个人一生中产生的念头数量是固定的。如果你想忘掉一段感情，你就要相信你已经忘掉了。和人说话不要用手摸耳垂。对风声的热爱不要超过洗干净的西红柿。不要对一匹站在河边的马有偏见。不要得罪任何一个风雪夜归人。等待他出现时不要吃雪糕。闭门造车是一项需要翻越乞力马扎罗才有可能学到的手艺。慢慢等待一朵尼泊尔寺庙里的昙花绽放。永远不要低估一个伦敦郊区的农民。负荆请罪确实太隆重了。放弃入海口的日出。躲避恋人的早餐。积累一种甜蜜的苦楚。对着古代的屋顶发呆。在一个恍惚的刹那，他看见千手观音的每一只手里都抓着一件人造物。

4

清洗牡蛎，坐在可以吹到海风的地方。我有一个会吹萨克斯的弟弟，他早已过了用嘴吹起一只气球就可以感受到快乐的年纪。隔着岁月，坏脾气的父亲也有无比温柔的一面。我最爱的烟灰缸是一只打碎后又被朋友重新黏起来的烟灰缸。青天鹅并不常见，但是它一定会在意想不到的时候出现。医生提醒他不要再吃坚果，每天只能吃6克的盐（两个牙膏盖那么多）。休息的时间太长了，手上的茧子都会变软。跟着一个穿短裙的女孩进电梯。周末宅在家里，只在半敞开的门口和快递员匆匆见了一面。从来没有听说徒步者在路上捡起一只蜗牛携带着它搭顺风车去更远的地方。手电筒只够照亮一棵夜晚的树的局部。不肯回到天上去的麻雀，它的脚步确实比猫还要更轻。钟声准时在晚课的时候敲响。一个好问题，甚至可以带来好运气。而一个糟糕的问题，会让最笨的学生也懒得回答。同样的一句话，她用重庆方言说出来就是比其他任何人都要好听。临死前他又闻到了小时候在乡村田野里烧叶子的味道。姗姗来迟的是鹤。一天中最好的阳光偏偏是他在梦中遇见的。每个人都有不为人知的蠢事。把最爱的女孩放在潜意识里是最不占地方的。我想把我最心碎的事详细地讲给一只幼稚的兔子听。有一根弦在内心深处早就断了。地球上起得最早的动物把脸埋在河水里憋气。喝一个酸奶。恰恰因为计划是一种建立在幻觉上的工作，所以我们更要认真地去做。在雨天与一个去投票的人擦肩而过。与一只斑鸠打招呼。绕开一个我们叫不出名字的东西。天空不能多看，尤其在它呈现大面积蓝色的时候。和朋友打牌最好放在周末下午，任何时候都不要谈到仿佛抑郁的夜莺。不要管掉在卫生间地上的毛发。老无所依不就是我们这一生最傲慢的追求。

5

过客是永恒的。说真理往往掌握在少数人的手里当然可以，但我更喜欢说，真理往往掌握在一只忧伤大于绝望的牛虻手里。没有一个长头发的道士，就不会有一个长头发的道士在晚风中趁着天还很早从而过于缓慢地下山。在如此短暂的一生中，我们能拥有什么呢？一些美好本来就是真的幻觉而已。为了人能够在很远的地方就看见树上的果实，所以果实的颜色总是和树叶的颜色有所区别。而那些不想让人吃的果实，干脆就没有真正长出来。要知道，沉默也是一种语言。上一次坐火车去非洲还是在不堪回首的前世，和一个古墓派的湖北白衣少女。排队是一种有仪式感的视觉秩序。不要小看一个正在流汗的人。不要想念巴黎夜晚阳台上正在绽放的那朵兰花。不要被一个布宜诺斯艾利斯的红灯困住。醉汉在全世界都是一种普遍而又伤感的角色。在地下深处的洞穴中实现安静地低飞。躲在空荡的螺蛳壳里哽咽。有多少人一辈子都没有见过一匹静静站在那儿等着你去触摸的斑马。沙漠的存在是为了让一些人更晚地看见树这种植物。印度恒河边的沙发在神的目光中被抬回昏暗的屋子。信仰经过不断地进化已经发展成一套完备的符号系统。只有孩子能够从一辆夜晚卡车的尾部发现一张隐藏的笑脸。总有一些窗户即使在寒冷的冬天也是开着的。北回归线是一条在大地上看不见的线。消逝是一种时空现象。雨后的猫也无法跳出三界外。冰层下的鱼依然在五行中。对于任何陷入沉睡的人而言，他都无法听见自己的鼾声。你可以选择一种你心甘情愿的疲惫。对萤火虫讲道理。对夹竹桃低头。对妈妈的坟回首。对一朵悬停的乌云说永别。回乡的长途车轻易不要去坐。对着镜子不要嘟嘴。不要一步跨两个台阶。对这个世界的理解可以错误，但是不要浅薄。

6

一个人说话很多人听这种聚会模式在古希腊就有了。爱的存在先于爱的命名吗？无法断言。南方多雨。北方多沙。垃圾中也携带着渺茫的信息。作为语言的容器，我并不合格。一段无法被翻译的基因。一条通往欢乐地狱的小路。苹果从中间切开裸露在空气中的截面。约会不要去老地方。人生中有很多等待，都比等待一杯卡布奇诺咖啡所花费的时间更漫长。活着就要叙述，但是不要真正相信任何一个句子。接住一片晃晃悠悠的落叶其实也需要天赋。真正重要的东西只有在失去后你才能够认出它。不要把你的沮丧传递给动物园的售票员。事情再糟糕也不应该影响我们专注地吃一盒午餐肉罐头。在竖着的梯子附近走动不要往上看。云上的日子适合睡觉。和最好的伙伴相约在秋天的下午去闭着眼睛摸一头衰老的大象。尽量不要生病。可以和一个刚认识的女孩谈谈万有引力。避免在阴影中长时间地行走。漠视命运最好的方式就是接受它。烟头在弹指间掉进路边下水道栅栏的缝隙。把一枚鹅卵石紧紧地抱在怀里。少年还没有来得及老去，老人已经等不及去死。21岁的她站在哪里，哪里就是世界的中心。退路最多只能是一条泥泞的坦途。去荒野中才有可能看见野蜂飞舞。结尾无论多么潦草都有人忽略。你对一朵矢车菊的第一印象可以转述给他人吗？站着不动的人才是最悲伤的。不要对这个世界的变化太过敏感。我听说有人已经准备好要带一把蓝色的伞去宇宙尽头。避开轮回的通道。他的身上发生的最好的精神交流，是和一只来自大理的鹦鹉。走路的时候将一只橘子握在手里，是他这一生所能想到最美好的事。尝试着和一个杂货店老板交朋友。海上的生活有一种陆地上可以想象但是难以体会的无尽感。尾巴的消失所带来的那种怅然只有少数人还记得。

7

A是最小的金字塔。作为一个家庭主妇，她顿悟的契机是听见微波炉叮的一声。群鸟在傍晚飞出的图案没有规律可循。开车的人年轻时至少会扎一次轮胎。冬天的海看起来总是让人更灰心更冷。吹口哨的人也有内心迷路时。只能在规定的站点等一辆灰扑扑的公交车。在火车上才会认识一个拉小提琴的爱尔兰人。凡人皆有怪癖。对于死亡以后的世界，每个人都是猜测。听得懂风语的人都去了遥远的天边。光脚站在地板上已经成为她的一种生活习惯。一个人怎么好意思去饭店吃饭。楼梯是现代文明最重要的隐喻。光走了多远的路程才照到你的脸上。乳汁在谁脑海的深山中哗哗地流淌。坐在一把椅子上喝果汁和站在一把椅子上喝果汁，是两种截然不同的感受，尝试过的人都觉得后者更让人着迷。你认识多少女孩，又摸过其中多少女孩的脚踝。拎着一截树枝低头往回走。做任何事都不要弄脏从商场新买的鞋子。不只一个人认为，真正会轻功的人一定更喜欢正常地走路。不要给一个艺术家织手套。不要问对方你的英文名字是什么。不要去想桌子上没有的一颗新鲜的樱桃。写出来的鸟其实也会飞。梦中的女人也会在现实中独自穿过斑马线。鬼在白天现身就是一个看起来有点失落的白领。一个孤单的点被淹没在一条看不见尽头的线中。杀手在安静地排队买一种榴梿。即使他不说话，我们也不会以为他是一个哑巴。气质是无法隐藏的。在一个词中住下，在另一个词中出家。随着一种亡命天涯的语气流浪。你那么爱她，竟然从来没有抱过她。他故乡的特产是雪。异乡的嗜好是失眠。有时推开窗户就可以看见明月，闭上眼睛就可以看见自己。没到必须要说谎的时候就说真话。老死不相往来即使是一种交往的方式，也不适合我们。真正的狠人永远与自己的热爱背道而驰。

8

玫瑰作为一种爱情中的道具还看不见消亡的可能。我生活的地方离赤道很远。你不能随便圈起一棵菩提树就说它是佛陀当年坐在下面悟道的那棵树。从南方飞过来的鸟身上的水汽早已蒸发殆尽。节日是一种邪恶与天真兼备的发明。每个人都有即使饿死也不出门的权利。看别人放风筝有时比自己放更开心。你有多久没有专门观察过自己的影子了。他一生都在各种女人的身体中迷茫和徘徊。再黑暗的内心都有一扇方块大的天窗。麻将中的七条出现在它最不应该出现的地方。站到高处只是为了看见更美的斜阳。很少有人坐火车只带着一根快烂掉的香蕉。落叶不允许你超越时代的收藏。长颈鹿过河，最深的水中也没有完全淹没它的脖子。一个想赚钱的艺术家一生只需要想出一个创意。风在广阔的水面上吹出的褶皱是它弹奏给自己听的音乐。光并没有价值观。一首诗的形状只有分行才能够呈现。有人看见你走进一扇门，有人看见你走进一栋房子，他们看见的是两个同时存在的你。不要在公用电话亭里给心爱的人打电话。跑路必须决绝。只有一个人独处，才能够注意到自己灵魂中的隐藏维度。无论如何都打不着火的打火机早已在你没有注意的时候提前和你告别。1包含2。一言难尽的设计不会是一个最好的设计。魔鬼作为一个真正的坏蛋其实很单纯。我爱你作为一种声音在被听见的那一瞬间失去它的神性。跟着一只鹅走一会儿，看它能带你去哪里。无法忍受沉默的人不适合犯罪。每一个刹那，都有劳作的人在掉头发。你终于认识了自我的意思是，你终于对自我产生了最大的误解。不要在任何一个词的基础上建立哲学。不要用手去摸坐在你旁边的美女的大腿。不要爱上红色和蓝色的阀门。对着西南方小声说话。

9

　　一个人变成一只鸟的概率要比一个人变成一条鱼更低。偶然王国里来了一个必然王国的人。向虚空中抓一把，抓到任何东西你都无法看见它。不要尝试去搞清楚人与猫之间的真正关系。最近南方的天气有点回暖，北方依然保持着它的冷。一件事情可以有两个解释。他在挑选一双符合今天心情的袜子上浪费了太多的时间。在不知道什么是雨之前，人们淋过雨吗？这是一个超越时代的问题。方法作为一个词语散发着一种仿佛每个人都可以掌握的善意。它是谁，没有人知道。它没有一个独立的名字。因为不愿意频繁地起来小便，他成了一个不爱喝水的人。两只虎在一起从来不聊八卦。最好等雪停了以后再下山。K已被卡夫卡彻底占领。只有人用喝啤酒这种方式来表达友谊。马桶读物是对一本书的最高赞美。这个世界上的烟灰缸还是太少了，很多需要它们的地方它们恰好都不在。牛在睡不着觉的时候也不随便怀旧。做空是股票市场的天才设计。没有任何缘由地想起来一个故人，以至暂停了手上正在做的事情。从哪一刻开始你感觉崩溃正在降临。山上的树和路边的树看起来就像两种完全不同的植物。最绝望的时候也不要去直视太阳。一个女人坐在一把椅子上是椅子被发明出来以后才诞生的形象。真正的自信只能是盲目的。很多人都有过无法依赖任何他者的体验。少年与海也是一个好故事。透过语言我们看到的这个世界如梦幻泡影。我生命中的黄金时代是在一家出版公司里度过的。怀念一朵从未见过的山茶花。怀念一片刚长出来还没有任何一个雨点落在上面的树叶。每个人都要经过一扇只能侧身而过的窄门。穿着睡衣走到阳台上抽一根烟。每一个晚上都是时代的晚上。每一朵花在埋下种子的时候就确定了自己的颜色。有时我不是失眠，只是不愿意就这样独自睡去。

10

夏天和冬天听同一首歌可能会有不同的感受。不想被注意的人总是尽量少出门。他决定这一辈子都不会去伊斯坦布尔的街道上驻足。不要在下午三点的咖啡馆里和女人聊往事。一只杯子没有被打碎过就还算年轻。看着一个认识的浑蛋泪流满面是最让人伤感的事。上帝创造世界没有写序。补天是一种多么文艺的行为。三个人想长时间地在马路上并排走几乎是不可能的。监狱最里面的牢房不是什么犯人都可以住的。他出去了很多年，回来发现连山的位置都好像被挪动了。天空在特别昏暗的时候你会感觉它降低了。切忌对着一只趴在沙发上的猫抱怨。我现在无法理解小时候为什么那么热爱烟花。习惯的背后是一种万有惯性。没有花生米就不喝酒的人，我怀疑他真正爱的是花生米。并不是每一个句子都要在句号出现以后才能结束。以抒情的方式去讲述一个道理。蓝色是一种不适合葬礼也不适合婚礼的颜色。鸟最信任人的时候可以主动钻进一个人穿的毛衣里。血管作为一种微型通道正在被更多人重视。花瓣从花朵上摘下来的瞬间就开始独立。恨作为一种情绪确实太土了。我从没有真正地直接摸到过我的心。一个诗人的晚年可能需要一台电视机。一个醉鬼的童年只能看着父亲独酌。拍电影这种事拜佛是没有用的，佛都没有看过电影。对于下雨最冷静的描述是"下雨了"，没有那么冷静的描述是"下雨啦"。他说他收藏着一颗还没有杀过人的完整的子弹。有人在梦中飞起来的那一刻就醒了，他在清醒的梦中继续飞。面对一个掉在地上的红苹果，他新鲜地看着它朝着下坡的方向向前滚动。在走廊里迎面遇见她跟在他的身后，那一瞬间，你知道你遇见的不是其他的任何东西，仅仅是绝望。从镜子中看见一个还没有来得及洗脸的穷人。山的女儿总给人感觉风尘仆仆。

11

做一件事情最快的方式就是决定不做这件事情。他不是一个能将秘密带进棺材里的人。在黄昏到来之前，我们除了熬汤，还可以对金牛座交换一下彼此的意见。给将军送信的鸽子必须有在黑夜中翻越崇山峻岭的能力。风吹麦浪是一个农民失眠时会想到的景象。一盏灯被打开，但是没有亮。一盆放在未封闭的阳台上的植物比你更常见到月光。懂得避雨的动物，又能傻到哪里去。她19岁的时候，你在哪里又和谁一起鬼混。佛陀也无法栖居在两个念头之间的空白处。凤凰落在哪棵树上，哪棵树就是梧桐树。和一个少女在阳光下抽烟，沉默也美好。做生意要有被坏人骗了就认赔的觉悟。因为嗑瓜子太入迷而错过约会的男孩是值得原谅的。在刀尖上散步。在火柴盒里面壁。白天开出租车没有那么容易遇见吸血鬼。从不知道多少层的梦境中醒来，发现依然在梦中。数学暂时还无法发现绝对的真理。小范围通缉一朵牵牛花。沿着旋转楼梯，返回建立在潜意识中的图书馆。最后一滴雨隐藏了自己落下的声音。棉花没有硬伤。虚无没有形象。在江湖上混，你需要一个念起来非常舒服的名号。与0对视，向13祷告。穿山甲很少出现在机场。松鼠远离洗衣机。窗外的树看的时间长了你再也无法从它的身上发现令人激动的信息。一个酒鬼可以随时在波浪上荡漾。像一只球一样在漫长的草地上滚过。孤独的时刻可以听自己唱歌。中午起来吃早饭。徒步的旅行中看见一团白色的尾气。高原上发生的很多事情，平原上的人无法理解。只有结婚的人才能离婚。只有死去的人才能复活。火车经过黄昏的时候，其中一面的每一扇窗户都能看见晚霞。最柔软的心蔑视世界上最坚硬的石头。衣柜里的灰尘没见过什么世面。你随口说的一句话，我记了一辈子。

12

穿衣服才能上街是从某一天才开始的规矩。篝火是对火的篝化。我们站在雾的外面，等待着陌生的动物从大雾中跑出来。从二楼的高度看出去，天空还是很高。猫有自己的事情要思考。奶酪没有知觉。上山挖竹子的人是我们的亲戚。深夜响起的教堂钟声迅速淹没两条街并如洪水般向前涌去。坏蛋也必须等水烧开了才能喝上咖啡。透过窗户他看见一辆红色的出租车正在路上缓慢地驶过。每一只鸟都在下雨的时候找到了一个很好的藏身之处。他一直没有买到一顶适合去给妈妈扫墓时戴的帽子。想念就是想办法让一个念头穿越时空。一个穿着短裙的少女站在午夜冒着白气的井盖上。飞机引擎在夜晚的云层中转动。雪中送快递的人有一颗雄心。摸过枪的手还没有适应用刀切一块生姜。转身离去的人在走路的过程中疗伤。真理如果被说出来，一定是让人感到忧伤的。只有多年后消除的误会才能够真正给人安慰。木匠不需要远走他乡。佛陀生前粉丝并不多。鹰从来没有进过法国餐厅。那些在机场被没收的打火机最后不知道都去了哪里。说不清楚都是暂时的。豹即使来到街上也不会等红灯。在卧室的床上睡着的时候，正好有一束月光照在他的身上。土拨鼠也有它的日常生活。离开一个喧嚣的场所，往哪里走都是走向寂静。没有人在乎一滴雨在落到地上之前都经历了什么。返回内心的道路是无底洞。所有的遗嘱都是一首诗。专程去看望一粒白色的米。不要对一朵鸢尾花发脾气。你很难找出一个圆的弱点。无论它在空气中隐身多少年，它都一直在那儿。事实上，你无法具体说出一个最大的整数。音乐结束的时候，真正的孤独才刚开始。没有人可以在火车上过一辈子。1和2的区别在于，1是1，2是2。它们的独立是绝对的，世界因此变得清晰。

13

最少有一个明亮的早晨你会听见鸟叫。我不认识一个陌生人。你无法打扰一个稳定匀速前进的下午。在床上就是在海上。劝一支笔从良。倒数第一名就是正数最后一名。一月的阳光无法照进二月。白天的月光，白天和晚上都看不见。他曾经的神是一个漂亮女孩的膝盖。一只蝴蝶飞进公交车，公交车载着蝴蝶和一个睡着的乘客往黄昏开。没有人可以迫使一匹马亲口承认错误。你无法认出故人的白骨。天黑了就很满足。寻找三眼怪。莫名其妙地信任一个为你指路的酒鬼。蜘蛛吐出的每一根丝都有它严格而又绝对的位置。云被定格拍下来就不是云了。在对岸走着的人和我们之间隔着一条正在黑暗中流淌的河流。树作为一种植物总是在你的视野里晃荡。象与象之间彼此尊重。随便一个人，都可能正在承受着内心的痛苦。在镜子上用口红写的那句话是最性感的。我们有时为了看见一个东西，只能闭上眼睛。窗帘随风轻轻摆动。再次回到地上的空啤酒瓶里还剩一口啤酒，它还放在桌上的时候。不要让你的妈妈在生前失去那个了解她儿子到底是一个什么样的人的机会。浑蛋到了非洲成了一名安分守己的矿工。打开窗户的人完全忘记了关上窗户。输了的人回味着中间赢的感觉。一只碗在一个烟鬼的眼中变成一只碗状的烟灰缸。一个男人在走向一个女人的途中。一滴落雨和另一滴落雨之间保持着永恒的距离。河马不会撒娇。女巫不懂馅饼的制作。橘子无法吃出柠檬的味道。世界末日何时到来说不清楚。没有学会飞之前的鸟对自我没有充分的认识。一条鱼如果要大哭，整条河流都会帮它掩饰。地狱没有打字机。黄昏就是白夜。蝙蝠不懂文身。乌鸦不用筷子吃饭。一个人渴望自己比光走得更远。一块比萨的孤独是由一个人发现的，但最终却被所有的人分享。

14

无论多么漫长的时光都有人觉得短暂。鸵鸟不关心答案。圣诞老人不在乎严寒。少年在夜晚翻越漆黑的栏杆。总的来说，密西西比河是一条好河。一个真正伤心的人可以原地消失。屠夫的女儿有一个无忧无虑的童年。恋恋不舍地离开一个还在冒烟的烟头。追寻一种味道来到枯井边。跟着一个橡皮筋学习弹性。跟着咖啡冒出的热气学习消散。它不是任何一只鸟，也不是所有的鸟，它只是一根鸟的羽毛。不需要多少智商，你就可以轻轻将一枚硬币翻到另一面。再怎样计算，结局都无法圆满。见到石狮子的时候，它总是站在一扇门前。你看不见的荒野的尽头，也在下着同一场雪。我没有阻止一个女孩转身离去的本事。特别喜欢康德的少女给自己的猫取名叫老鼠。罗马作为一个走哪条路都可以到达的终点，它爱着通向它的每一条道路。不小心咬了一下舌头的那种疼痛。一个插座永远在等待着一个合适的插头。今年的雨水对于荷花已足够。将每一个念头都关进语言的笼子。只有一个印度厨师对今晚7点45分的天空感兴趣。它的本质就是它最深层的表象。义无反顾地往红尘滚滚的里面走。他一生的好运气全部用在了他的葬礼那天不下雨上。骆驼刚走出沙漠就迷路了。礼拜一好像所有的公司都在开会。每个人都丢过至少一次东西。孔雀独自在电梯里看广告不愿意出来。牙签最好的归宿就是插在切成小块的苹果上。内心里的灰烬是分成一堆一堆的。连石头都在改变。连发霉都是安静的。独自做一桌子菜是她取悦自己最后的办法。想象一粒颓废的精子主动落在最后的优雅。负数没有攻击性。去镜子前拔一根白发。嫦娥在哭泣后显得让人更想操她。一朵没有被驯养的花，永远不会开得那么准时。有一只鸟在飞机的下面以及后面孤单地飞着。

15

打发一条狗去秋天的河对面送一个没有那么重要的好消息。用透明的杯子倒扣住阳台上的一小束月光。蓝色衣服和红色帽子的影子都是黑色的。比较两个橘子的轻重，不如比较它们表面细腻的皱纹。授权一阵风约束大海。解除不能靠近忧伤的禁令。开始懂得欣赏一个无限不循环小数。我出生的那一天是非常普通的一天。一个法国乡下的女人也听过中国的长城。它微小得无法被驱逐。重新回到两片圆形的药面前。他对照料一朵花这件事的全部理解就是它有权利随时枯萎。结束对一只萤火虫马上就会被你抓住的期待。抚养一首民谣。宠爱一粒灰尘。小心翼翼地摸印刷在白纸上的一行黑字。硬汉在油锅中也不跳舞。最开心的时候吃一大口芥末。像一群孩子一样在雨中放肆地奔跑。有一个空着的位置永远是留给神的。煎牛排的滋滋声让听见的人感到心情愉悦。邂逅一粒刚从天上掉下来的闪闪发光的钻石。谋得一棵樱桃树的原谅。迅速取得一朵雏菊的信任。彻底成为铁上的锈。老虎从来不发表观点。一个人写下的超市采购清单就是他的自传。一只年老的矛放弃对盾的寻找。犀牛遵循回到过去的号召。通过飘荡在阳台上的短裙去幻想它的轻盈。最具诗意的一粒芝麻看起来依然那么小。壁虎不会偷听你说任何话。海底捞针是多么的徒劳。理解一根竖在茫茫大雪中的水泥电线杆。尽管阿尔卑斯山那么壮观，我也可以选择背对着它站在厨房里用筷子搅鸡蛋。总有一个朋友是必须要帮的。已经没有任何事可以妨碍我们在夜晚的灯光下一起打牌。电子也有记忆。蚂蚁也有语言。杀猪不需要灵感。将一个小丑领进圣人的国度。从一个陌生人的噩梦中路过。我们要去的地方没有准确的地址。耳鸣是一种糟糕的回响。孤独是一种安静的事实。两个A完全重叠并不会让A变粗。

16

好故事不要轻易死人。一块打水漂的石头穿越下午的阳光掉入蓝色多瑙河。这个世界上有那么多孤儿，他们中的每一个都是人类的孩子。大部分复杂都是简单的复杂。向一种梦幻泡影般的呻吟声投降。实践一个小而美的错误。天堂的高度无法企及。事情的发展拥有着清晰的次序。每一只在黑暗的屋脊上走路的猫都有它独一无二的逻辑。回想一根被吐到白盘子里的极细的鱼刺。列举群鸟的毛病。在一句诺言的意味中短暂停留。走上歧路的羊不懂腹语。我们无法同时目睹一个非透明立方体的每一面。夜晚的吉他手比黄昏的吉他手更不爱说话。客观就是像客人一样旁观。魔鬼即使发言，也会掩藏他的口音。幼稚的飞机，天真的军师，透明的人质。条形码是通往新世界的大门。没有过期的饼干保持着魔力。氛围可以转换为无法言说的记忆。内向的男孩对俄罗斯方块产生沉迷。随机是一种更有深意的设计。周密本身就是漏洞。倾听是另一种默读。伦敦马路上的汽车在向前行驶的过程中自然冲开伦敦的雾。很多作家再也不需要一块橡皮。垃圾桶缺乏荒野少女的注视。天使偶尔叹气。0携带的信息不是0。遇见鬼不需要说抱歉。永远是时间非常长的一个比喻。即将撞树的兔子没有困惑。再差劲的洗碗工也不会在洗碗时进入一个美梦。钢琴家是一个从南方来的难逃者。在海边闲逛时遭遇诺曼底登陆。尘埃环绕着走动的我们。气温最低的那一天也没有下雪。梨的偏见，苹果可以不听。在简陋的厨房开始一场夜航西飞。狮子不进超市。茶杯里响起的雷声很小。在落日大道等待落日。没有时间打羽毛球的人就是杀手。收集任何东西都是收集自我。模糊的悲伤没有过硬的理由。万物的真名都在神的语言中。巴黎的天空，八月比七月更蓝。

17

　　穿着睡衣去人马座。AA是一个组合，AAA是另一个组合。一个句子也可以成为一座语义封闭的建筑。微信红包流行的那段时间，依然有人每天早晨上山砍柴。哑谜大战，在情人之间正式打响。动物园发生越狱事件。在一块石头坠落的中途，它突然改变了主意。白痴是发育太晚的天才。完全被语言吞噬的是大人。传闻蚂蚁也有隆重的年终总结大会。制作土豆馅饼的大师是一个三流的短跑运动员。开得太美的花朵有一个反思俱乐部。上午的新闻是下午的往事。真正漫长的假期在死后。鹦鹉不会像狙击手那样瞄准。小丑不会当着别人的面哭泣。上吊的人全部仰望过天空。佛陀是自己的学生。她的美像一场摧毁一切的洪水。坐地铁无法直接到达宇宙尽头。降落地狱的芭蕾舞演员受到最高的优待。无论是白天还是夜晚，大海都无法区分一滴雨和一滴眼泪。鲸没有吃过白糖拌西红柿。拳击手的鼻子只有另一个拳击手可以打。橄榄球冠军不吃橄榄。红玫瑰没有参加过葬礼。一部长篇是开头第一句话繁殖的结果。河马从不打伞。推开乡村旅馆的后门去爬雪山。法国的诗人也很孤独。梦游的大力士找不到车钥匙。喂马的盲刺客自己还饿着肚子。竖在地下的井在打井人的眼中横了过来。沙皇从不亲自钓鱼。裤子烂到最后，做抹布都不够资格。鳄鱼的眼睛里倒映着一棵果树。失眠的尼姑唾弃口头禅。最忧伤的酵母也没有最疲惫的路人更无情。狼哪怕只剩最后一只，也不会习惯在雪后戴一顶帽子。乌云反对自我。上校没有邮箱。再晚一点天就亮了。下午的火灾从远处看没有那么真实。爱情如果是一种病，亲情就是医生。波浪上漂浮着一些新鲜的菠菜。光是上帝的广告。龙的弟弟并不叫龙二。有一个伟大的导演，认为道具也是角色。谋杀已经发生，但谋杀的消息还只有凶手知道。

18

蓄须和留胡子是两回事。任何一个词的历史都是由其他词写的。从入口出去的人逆着汹涌的人潮。旋转的陀螺不能算舞蹈。审判一个病句。摔跤手也要若无其事地走着过马路。刽子手总是忍不住和死刑犯说最后一句话。无法防止月光照着大地。鞋匠光着脚躺在床上。野合之子是他成为圣人的动力。语言是声音的独奏。刺杀红绿灯。刻舟求剑那艘船在象征层面超过挪亚方舟。比萨是馅饼的一次冒险。坦克出现在童谣中。下午三点的裁缝不吃从树上主动掉下来的梨。梦话对枕边人是一次恐怖的袭击。芬兰的面包比瑞士的雪山要软太多。水手上岸后依然不爱洗手。1+2=2+1是一种幻觉。背后不长眼睛是有道理的。你能猜到武大郎的绿帽子是什么颜色的吗？堂·吉诃德是一个从来没有见过风车的人。乡村弹子球之王从外表是看不出来的。我想我理解那条穿越整个集市什么都不买的灰狗。黑夜是处女母亲。伯乐对牛没有认识。南方的橘子树永恒迷失在北方。一根古巴雪茄掉在古巴的街道上，古巴的阳光无法悄悄点燃它。猫擅长独白。他没有你想象得那么愚蠢，却比你以为的更傻。一架汽车，感觉这架汽车可能会飞。不喝茶的陆军下士把别人喝茶的时间都浪费在观鸟上了。听一只蚂蚁在白天爬上一片完整落叶的声音。不在游泳池里小便的人主要是因为不会游泳。梦是对死后的那个世界的模拟。他越是撒谎，他越是不诚实。一片树叶的阴影和一片树叶形状的布的阴影是一样的。王的区别主要体现在王冠上。地球流浪者一定要避免穿拖鞋。真正的牧马人打死不骑摩托。长椅上躺着一名个子很高的油漆工，他的双脚只能悬垂在长椅的外面。三个臭皮匠如果顶一个诸葛亮，那9,384,145,083,832,467个诸葛亮顶多少个臭皮匠。雨并不滑稽。野百合的味道打算在她身上寄宿一生。

19

间谍生气看不出来，我们只能看见间谍伪装的那个人生气。钻石上的光芒无法离开钻石。斗牛士最危险的时候就是牛朝他冲过来时恰好遇见他正在打喷嚏。小矮人必须凑够七个才能召唤白雪公主。划船能到的地方必须靠水。剃须刀并不爱脸颊。戴围巾的男人脖子不一定怕冷。理发师给自己理发总在深夜打烊时。快乐的夏天是对夏天的总体印象，它并不是说夏天不会难过。神父独自坐在忏悔室里咽口水。一个躺在大街上的加尔各答乞丐感到了大陆板块的漂移。劫持一根冥王星少女的青丝。亲爱的先生，你为什么看上去那么可恨。对着一朵喇叭花吹喇叭的人是浪漫的。对牛弹琴的人是真正爱牛的。鸟的肖像看起来一点也不像鸟。小矮人睡觉，侏儒打呼噜。国王彻夜失眠，刺客出现黑眼圈。平静的死刑犯没有尿裤子的死刑犯更打动人。有一些东西是任何商店里都买不到的。在下午两点的阳光中，口袋里揣着一些法郎进发廊。语言中隐藏着上帝的签名。这不是一个适合吃鱼子酱的季节。意大利的信使晕船。亲人们围着圆桌刷手机。广场喷泉不喷水的时候太丑。火车站总是比机场更加混乱和拥挤。今晚的夜莺离人类很远，离兽类很近。扫地机器人的眼睛里透出动物的温柔。送牛奶的人转身离去。猎人饭后不停打嗝儿。哑巴炸弹最温柔。拂晓，感觉天是被风一点一点吹亮的。决斗对早餐吃什么并没有要求。从梦中跑出来一只黑色的白天鹅。维也纳的秋天也有树叶短暂落在行驶中的汽车顶上。黄昏的尽头看不见傍晚的衣角。她有三个活着的情人和一个死去的丈夫。谁不是诗中的难民。颓废的火枪手在后半夜起来给自己熬汤。滑雪是一项非常依赖雪的运动。乐队指挥是一个善良的色盲。酒吧调酒师不是一个自觉的击剑选手。橱窗中的刺猬让人沉思。

20

演尸体的是一具真正的尸体。练举重对治疗失眠确实有帮助。改名字就是改命。浪子总是忍不住回头。只有死神见过你甜美的微笑。整个银河系都是他的坟墓。马也有自己的节日。新老实人不敢和旧老实人比谁更老实。AK47是两个字母和两个数字的组合。艺术的严肃性主要在于它真的有可能饿死人。雾中回忆只能在雾没有散去时进行。热血沸腾的声音只有自己能听见。他内心的围墙被她推倒。神的遗物闪烁着永恒的光芒。穷尽所有的红色。一个人想回到他出生前的世界，也可以说他想早一点出生。女高音歌唱家从来不说悄悄话。她从春天就开始准备梦寐以求的冬日之旅。盛宴上最令人印象深刻的永远是缺席者。有意思的游戏玩多少次会变成没有意思的游戏。访谈一只酱油瓶。在一棵橡树的旁边再雕塑一棵同样的橡树。真正的无产者连头发都不属于自己。猫这几天稍微有点反常。箭射到中途就知道自己歪了。幻想有一束来自太空的光永远跟着一只永生的蜗牛。在晃荡与动荡之间保持沉默。再精准的导弹打击也有可能误伤路过的蚂蚁。世界在你坐在窗边愣神的时候发生巨大的改变。随便一颗星星都离我们很遥远。一只烟灰缸的自卑，你能悟到多少，要看你们之间的缘分有多深。樱桃从来没有见过钦差大臣。一只有拖延症的猫总是在晚上吃早饭。真正的习惯只能是恶习。想法上的刘邦，行动上的项羽。享受舔酸奶盖的乐趣。喜欢是一种直觉，爱是一种推理。好事换个角度理解就是坏事。永远也不要内疚。幸存者也是痛存者。眼睫毛的收藏价值因人而异。穷水手的后背依然被六月的阳光晒得滚烫。不擅长与人打交道的人中有一个做了守墓人。与一句诗在黄鹤楼上重逢。从一个人的内心世界中走出来，一直走到今晚的月光下。

21

　　白痴状态对于产品经理是一种修行。有一个剑术家的生前最后一战是和一座雪山。等待是一种策略。小矮人小时候当然更矮。郊游与踏青在春天有重合之处。物哀和人哀哪个更哀。问题并不渴望答案，是提问题的人渴望答案。沙漠上面的天空看不见海鸟。猪不追求时髦。在死之前，你随时可以浪费一秒钟。在黑暗中走着走着你就能看见黑暗是有层次的。服务员问你可乐是否加冰，在你回答之前，这是一个悬念。受害者和罪犯是一个人。石头的去向，有时掌握在把它捡起来的那个人手中。斑马的选择并不多。猕猴的归宿也很少。与自己身上的粗鲁友好地相处。遇见晦涩。时间的女儿也是时间的儿子。感性是最弱的理性。你看起来和我认识的任何一个人都不像。格兰特检察官是一个喜欢在傍晚步行到泰晤士河边的妙人。不要让一个糟糕的念头活太久。我在很小的时候就成了月光的俘虏。一个人登上无人岛的那一瞬间无人岛就消失了。一棵遥远的树，无论我们离它多近，它都离我们很远。忧伤如果不是蓝色的，还能是什么颜色。白鲸从没有想过和一艘船同归于尽。杀死一只知更鸟是容易的，但不能多想，越想越难。世上最有权势的帝王也不一定有资格做死神的仆人。心不是孤独的猎手，而是忧郁的屠夫。命运十年露一次正脸。历史即使有心跳也很微弱。进入一条狗的视角，就能看见狗的目光在哪个地方停留更久。运气无法让你听懂一只翠鸟的唠叨。用温柔来形容雪崩

273

是对雪崩的亵渎。宽恕是钻进鞋子里的石子。看见彩虹的人中很多都提前看见了雨。先知有时看到了也不说，有时是不能说。不仅他长大了，他的影子也长大了。一根阴毛的赤诚不容置疑。深山中的疗养院，推开窗户就能呼吸到清新的空气。我心深处从来没有人耕种。释放一点没有那么深蓝的悔意。

22

暮气沉沉的人独自走在一望无尽的暮色中，越走越沉。骆驼不宜多说。如果把牙齿比作祖师爷，她的祖师爷很白。孤独是一块永远也不会褪色的乌青。二手的鸟就是视频中的鸟。俄罗斯的普通人在冬天不会戴这种颜色的帽子。浑身沾满冷漠的碎屑。我们都没有听过死人的经验之谈。做事前的快乐和做事后的快乐之间隔着一件事。死神比世界上的任何一个足球裁判都要更完美。能拿在手里的东西，一般不会太大。人性是语言的发明。英雄必须足够天真才不会陷入自我怀疑。恶之花只有魔鬼才能采摘。农场里没有的蔬菜都是农场主不爱吃的。神仙再也无法体会生活的辛酸。没有一棵向日葵在黑暗的阴影中等待着我们去拯救。真正的强盗不吃你送给他的草莓。查尔斯星期天下午坐公交车去抢银行。一根胡萝卜的动人之处至少可以写一万字。岛上殡仪馆中的死人如果从棺材中坐起来，就可以看见窗外蔚蓝色的大海。有人就喜欢失败的味道。夜色再温柔，也无法安慰一颗黑暗的心。指南针必须坏掉才能不指向南方。作为一个长跑的人，早晚有一天他会遇见强风吹拂。监狱长拥有一张烂番茄的脸。马尔特不相信永远绽放的花会渴望枯萎。童话是丹麦的特产。噩梦早已烂大街。细菌听上去比粗菌更聪明。黑洞如果是一种生物，它一定有自己的思维方式。蝎子不看日历。乌鸦愤怒的时候也不会朝人吐口水。献给死者的花束晚上被守墓人带回屋子插入瓶中。胆小的玫瑰想念怯懦的兰。只有梦中人能够敲开寡妇的门。绕开一大片沼泽并不丢人。他临死时还是一个没有去过远方的婴儿。背着一口井的人总被误会要离乡。波浪的起伏不要用数学去分析，用眼睛看就好。上帝真正花心思写的是世界的开头。用耳屎造一座房子确实有难度。伤心的时候不要吃糖炒栗子。

23

　　一个好的伪币制造者不是一个坏的假币制造者。大脑不是按照你的逻辑在思考，大脑是按照大脑的逻辑在思考。骑象人在很多年里都只是一个徒步旅行的穷人。便利店里可以买到的都是我们真正需要的东西。飞越疯人院必须选择一个有风的夜晚。躲避好运和躲避霉运一样难。尽量不要在小雨中与散步的阎王相遇。余生只剩大量的孤独和无尽的玩笑。山里的月光照着寺庙高处的钟。天使打不开魔鬼的抽屉。真理的身上到处是神秘的部分。他总想起海边公路的路灯在天亮时熄灭的瞬间。手洗白色的鞋带是需要耐心的活。没有风的时候，草之间就不说话。在一个横着躺在大地上的空易拉罐里躲雨。杯子中装满清晨的空气。晚风吹不到关紧所有车窗的卡车司机。失眠的人应该有一个洒满月光的阳台。火车从远处看像一种在轨道上蠕动的动物。飞刀表演者在特别孤独的时候才会用他的飞刀削苹果。马在起雾时不敢进入森林。只有翅膀特别大的鸟才能在云的上面飞。只有会轻功的人踩水过河才能不弄湿衣裳。他的前世是一只不会念经的豹子。坐在沙发上剥橘子的男人看上去特别安静。如果不是因为有心事，她怎么可能花那么长时间洗一个土豆。时空之门总是在附近没有人的时候打开。少女的美可以搭配万物。一张纸牌中的红桃K被她揣进兜里带去了东南亚。小象无法堵死一条小巷。从湖中钓起来的鱼不适合作为孩子上学前的早餐。从高处扔一顶帽子到人间，看能扔到谁的头上。醉汉特别讨厌别人叫他醉鬼。那是一个马路上全是马的时代。孔雀在阴天避免开屏。猕猴站在走廊里吃一个猕猴桃。什么秘密都可以说给河马听，它的嘴很严。并不是每一个租房的艺术家都能遇见一个菩萨做他的房东。我曾经在秋天的午后遇见一只特别讲义气的麻雀。

24

从前的孩子都见过百鬼夜行。案板上的鱼并不焦虑。凌晨五点的火车还行驶在黑暗的原野上。在穿墙术流行的时代，门神都贴在墙上。所有的南方往事都在轮回后被彻底忘记。最后一滴雨在天上，必须有一个巫师求它，它才能掉下来。在一个人的血管里玩漂流，在春风中荡秋千，在挪亚方舟上喝可乐。写字楼里已经没有一个人的内心像一颗滚石。这个世界上的话太多，你不需要每一句都听得那么清楚。正在给马洗澡的人不会流泪。悲伤从来都不是必要的，所以它有可能突然出现。当死神抓住一个人的脚踝就再也不会放手。鸭嘴兽不嚼口香糖。天鹅不吃凤梨酥。一句诗和一句话有时会特别像，如果真的太像了，那句话可能就是一句诗。从一根羽毛去推理一只鸟。不要给人留下你是一团沸腾水墨的印象，即使你真的是。每一只蚂蚁都有疑惑的时辰。捡到一把钥匙，总觉得有一天会来到那扇需要这把钥匙才能打开的门前。下雪和落雪的区别太大了，眨一次眼和眨两次眼的区别又太小了。去西天取一个快递。他的心情不适合在风中走太远。凯鲁亚克不允许鸵鸟给自己的跑车加油。AAAAAAAAAAAA，写作有时会遭遇这样的重复，习惯就好，它也有可能是天意，所以需要保留。很少有人提着枪去抢劫一颗黑色的台球。佛陀没有给任何人打过电话。那是一双刚洗过脸的流浪汉的手。夏天的鸟鸣如果有颜色，可能是深绿色的。风很少有机会吹着一顶帽子穿越沙漠。站在很远的地方，用刀锋轻轻划了一下雪山。谁能卖给一个畸零人五分钟好看又无声无息的闪电。即使我们说出的不是一个事实，我们也可以小声地重复一遍。褐色鸟群在穿过一场雪时从不说话。出于礼貌，和魔鬼交流必须写信。拥抱的时候幸好没有听见一朵牡丹绽放的声音。今晚的黄昏，仿佛落日掉到了街上。不要把水草带进卧室。

25

一个人在光滑的冰面上小心翼翼地行走，严格来说，不能算散步。走过这座桥，他不仅不会记得你，他谁都不会再记得。下午两点的动物园，没有谁想去触摸一头华南虎的额头。鸟人的翅膀在他进监狱后就成了累赘。一个爱尔兰人，从来没有听过"刨妖"这种纸牌游戏。永远在天上，从来不到地面上来的，绝不是一只有怪癖的鸟那么简单。一根从天上垂下的绳子为何是暗红色的。你有多久没有站在阳台上仰望过近地轨道上的月球了。我们活得不好，不仅是因为我们穷，还因为我们的精神太过动荡。厌世作为一种情绪，还没有来得及传染给一朵鸢尾花。和一头电视中的狮子对视，和一滴落在脖子上的雨交流。你永远无法看到一只穿山甲内心的脆弱。并不是每个人的一生，都有机会给一面墙刷一次油漆。最好在喝水前祈祷。无头骑士想念自己还可以戴帽子的时光。喜欢一个字的形状，但是不喜欢它的意义。出租车司机在夜晚的公路上想不起来关于乌贼的任何话题。将衣服夹在晾衣绳上的夹子也可以夹一张从来没有拍过的照片。足球如果是蓝色的，那滚动在草坪上的时候就特别像一团忧伤。理发师也要吃盐。非洲鼓只有在非洲

278

才能敲进人的灵魂里。硬币在落下来之前我们无法吃完手里的冰激凌。苔藓即使说谎，我们也不在意。把光关进小黑屋。在眨眼间完成一次闭关。蜷缩在微观世界中看电子跃迁。牵牛花只是沉默地开着，它并没有开口说话，所以也没有特别的语气。牛魔王讨厌电饭煲。年轻的舞者迷恋跳动的火苗。一动不动的大象看起来心事重重。没有人花整整一个白天哭寻找一粒不知掉落在哪里的纽扣。他可以听见一本倒扣在地毯上的书里面传出的雷声。南飞的大雁并不急着赶路。等待一只橘子从树上掉下来需要大量的时间。很少有人在下午两点邀请一只窗台上的鸟进屋叙旧。

26

一颗螺丝钉的好看总是被严重低估。雨中猫和风中蚁是两种奇怪的动物。和朋友打牌是一件离赌博非常遥远的事。蓝鸟并不比白鸟更孤独。他笑起来的样子不像一个会修飞机的人。骑马的人很失落，他的马已经进化成了一辆卡车。秋天桌子上的灰尘被擦去，桌子恢复它在秋天中本来应该有的样子。扔一个纸团的快感比扔一个苹果核更强。朱莉，不要随便给一个发卡起名字，那会让它的丢失变成一场灾难。骆驼没有养成坐在沙发上看电视的习惯。不要用包饺子来难为一只眼神纯真的猩猩。菩萨在春天不织毛衣。鲲不咬文嚼字。神在午夜经过时，黑暗中的风铃从来不响。挑选种子的经验在一个农民的梦中依然起着作用。鹤的忧伤在它飞起来的刹那最浓郁。玉米的种子从不言语。饿鬼不适合朗诵。饼干害怕潮湿。永远也不要惹一个等腰三角形。透过窗户看海浪更适合一个内心没有波澜的人。白鲸并不是在茶杯里度过它的童年。很少有女人的头发比真正的道士更长。弟弟的演奏不允许任何一滴眼泪的污染，它带来的是另一种更深层次的打动。一句话换一种表述就是另外一句话。夜晚才悄然掉落的一根头发并没有什么特殊的预兆。对于一个真正的谜而言，谜底一点也不重要。钓鱼作为一件事，即使在雨中也不需要那么快结束。小鬼拖不动一柄巨大的烂斧。七仙女都没见过游泳圈。独自擦玻璃的时候心怀一个巨大的素数。在路的尽头要多坚持一会儿再回头。最小面值的硬币只需要伸出小拇指就可以盖住。比特币的分叉在任何天气中都可以进行。嫦娥不看电子书。火车暂时不经过海底。猫不会使用打火机。还没有在路上转动过的轮胎不是真正的轮胎。请给我来一瓶绿色的红酒。太空中好像缺少一只与陨石共同浮荡的蓝色拖鞋。一个括号能够囊括的句子可以是无限的吗？

27

陀螺怎么抽打都不转的时候最伤感。离天塌还有一万年。默念一句自创的方言版咒语。去天边的旅程比你想象得还要更漫长。鳗鱼不在雨中登山。财神不排队办信用卡。和一个退役的挪威传奇赛车手交流一辆二手拖拉机的保养。超市的大门只有巨人的小腿那么高。冬泳不是一项适合魔术师的运动。奶牛对录音机不感冒。被天使亲吻过的嗓子决定在周六的傍晚保持沉默。4是一个被象征意义毁掉的数。在佛陀的手上爬动的蚂蚁会是一个平庸之辈吗?当上帝在山洞里拧亮他用了多年的台灯。雾是一种最终会散去的语言。剥开的橘子丧失了神秘性。张飞讨厌独白。雅典娜拒绝做梦。小鸟不赶火车。风筝不与飞行员搭讪。世界的秘密就在世界的声音中。过了太多年,神仙的气息已经很难轻易在天黑后捕捉。丝绸上的褶皱让一个小女孩回头多看了一眼。不是谁都能感受到暴雨将至的那一刻出现在整个时空中的温柔。一扇最小的窗户竖立在一只蚂蚁小时候的卧室中。鸵鸟很少在晚霞中散步。平行宇宙间不通缆车。如果它是一个有终极答案的问题,那它就不是一个真正的问题。桃子特别适合放在黄昏的窗台上。目光经过一个句弓。爱情是一种短暂的幻觉,也是一种永远的事实。墨感到寒冷。凄凉馅儿的月饼一直缺货。是谁不想和牦牛一起坐地铁。陪着一个好看的错别字多待一会儿,再改掉。在一个内心足够幽暗的夜晚,独自去潜意识中见自己上辈子的母亲。在云的南方向陌生人借一只塑料打火机。在一截烟灰的掩护下从站着的地方悄悄撤离。在阳光太好的午后忍不住和菩萨打赌。将午餐肉罐头放在月光能够照到之处。杀手的哲学有很多流派。与水鬼在岸边的集市上擦肩而过。和大面积的深蓝色发生正面冲突。对于一个少女的响指，他可能到死之前都无法忘怀。在大雪中教一只自闭的鹦鹉说德语。

28

从一朵花的枯萎中没有学到任何东西，他只是感到无尽的失落。对着一个刚刚洗干净的梨背一首诗。再宿醉的穷鬼也有随时来到街上仰望苍穹的权利。对一句梦话负责。对一根美女头上的白发忏悔。如果只是有一点像那完全可以忽略。送怒目金刚一只限量的口红。用死后的时光掏空一座耸入云端的高山。佛陀不是任何人的底牌。宇宙深处没有十字路口，但总有人会看见红绿灯。没有喜欢过恐龙的男孩才是真正的忧郁。地狱禁止天真的人参观。让三月的雨水浇灭一个本来还可以燃烧很久的烟头。我们之间是真正的巧合，不是绝对的缘分。作为一个合格的炸弹永远要保持低调。2可以拆成两个1，当然是胡说八道。一辆汽车抛锚的时候你才发现你根本就不了解它。总有一些突如其来的东西是逃回妈妈的子宫也避不开的。怎么写出一个像坦克碾压成吨熟透的西红柿那样抒情的句子。在没有权威的时代，我们更愿意崇拜睡在身边的人。染匠对一块玻璃的态度很暧昧。懂得砍柴的青衣又太少。看着一片落叶飘下而不眨眼是一个公交车司机的基本要求。他没有熟悉到可以挥手告别的云彩。想念溢出脱内裤的指尖。阎王不太可能亲自敲门。要原谅猫不会往洗衣机里面撒洗衣粉这样的事。弹钢琴不需要去埃及。只需要一个转身，就能让洪水改变主意。能把炒鸡蛋做好的人，根本不在乎自己唱歌会有几个心不在焉的听众。企鹅很像一个笨小孩。秋天的大象也想玩跷跷板。达摩流浪者还在沿着通往加州旅馆的公路远去的途中。那早已不是一块新浪潮的橡皮可以擦去的错误。他虽然老了，却还是一个每天早晨在镜中为自己认真打领带的恶棍侦探。热带更适合做关于水果的研究。偷窥一个裸奔者被强行穿上衣服后的眼睛。尝试在欲念浮动的时候想念一个沉重的铅球。

酸奶盒的秘密

最近我每天都会喝一盒酸奶，我以前很少喝酸奶，因为我每次喝酸奶都会拉肚子，好像是因为什么酸奶不耐受，我没有特别去搞清楚这件事。后来我看过一个新闻，说一个牛奶不耐受的哥们儿，喝了十年奶，都没有问题，原因是他喝的奶里面真正奶的含量特别少，他完全可以耐受。他知道之后特别绝望，他喝的根本不是纯正的奶，但他以为是，而且喝了十年。

不知道这个哥们儿知道这件事之后，有没有继续喝奶或者继续喝那种号称是奶其实奶含量很少的东西了。

我喝的这个奶的牌子叫安××，我为什么会喜欢喝这个酸奶，主要的原因是我喝了不拉肚子，至于为什么喝了不拉肚子，我不敢深想。

这个酸奶挺好喝的，有一天我在它的侧面发现这样一句话：酸奶浓稠，喝完可展开四角，挤压饮用余量酸奶。看完这句话我明白过来，我每次都没有把这个纸盒里面的酸奶全部喝光，有一些酸奶是附着在纸盒内壁上的，我用吸管是怎么也喝不到这些酸奶的。

面对这句可以把所有酸奶喝光的提示，我无动于衷，我对把这个盒子的四角展开没有任何兴趣。这句话对我的唯一改变就是，每次我用吸管喝酸奶，最后什么都吸不出来时，我还会继续吸一会儿。我知道我吸不到那些只能展开四角才能喝到的酸奶，但是这不影响我尝试着去吸它们。这是一种无望的尝试，但这种尝试每天会浪费我一分钟左右的时间，在那一分钟里我不断地挪动吸管另一头在酸奶盒中的位置，直到无论把酸奶盒里的吸管另一头放到纸盒内壁的哪个点，都吸不到任何一点酸奶为止。我生命中的一些时光就这样浪费掉了，这种浪费的方式，要比把酸奶盒的四角展开，挤压饮用余量酸奶更能让我容易接受一些。

　　我无法想象那个把酸奶盒的四角展开，挤压饮用余量酸奶的人，他为什么如此不珍惜自己拥有的时间？为什么要把酸奶盒的四角展开？为什么一定要喝到最后那一点酸奶？为什么不能留一些酸奶在酸奶盒的内壁上？

　　直到有一天，我的好奇心再也无法抑制，我展开了酸奶盒的四角，贪婪地通过挤压饮用余量酸奶。啊，我发现余量酸奶太好喝了！好喝得完全超出想象！不可思议！比我之前用吸管喝的任何一口酸奶都好喝。把酸奶盒的四角展开，挤压饮用余量酸奶，是你能喝到最好喝的酸奶唯一的方式。

　　当我发现这一点后，我非常庆幸我知道了这个秘密，酸奶的好喝程度，和喝它的方式有着如此隐秘的关系。

我开始可怜那些从来不把酸奶盒的四角展开挤压饮用余量酸奶的人。那些只用吸管饮用酸奶的人根本不懂酸奶，他们喝酸奶完全是对酸奶的浪费。他们浪费了最精华的最后的那些酸奶，那些酸奶需要把酸奶盒的四角展开才能喝到。

　　我觉得酸奶盒侧面的那个文字提示，是一个天才写的。那个天才一定是在某一天通过把酸奶盒的四角展开挤压饮用余量酸奶，然后发现太好喝了，他一定要把这个秘密告诉更多的人，于是他把这句话写在了酸奶盒的侧面。

　　因为酸奶盒上不能写有广告嫌疑的话，所以他只能写一句客观的话。但是很多人都忽略了这一句话，很少有人仔细去读酸奶盒上的文字。酸奶盒上能够有什么让我们感到惊讶或新鲜的文字呢？太多人抱着这样的偏见，太多人喝了很久的酸奶，也没有认真读过酸奶盒侧面的文字。

　　我在一开始就读了，但是我不信，后来我信了，现在我成了一个到处和人说这个秘密的人。只要有人喝酸奶，我就会推荐这一款，而且会告诉他，最好喝的就是你用吸管喝不到酸奶之后，把酸奶盒的四角展开，挤压喝到的余量酸奶。虽然这个余量酸奶还是要通过吸管才能喝到你的嘴里，但这时候吸管不是最重要的，最重要的是展开酸奶盒的四角以及之后的挤压！切记！

　　完全把酸奶喝光之后的酸奶盒是这个样子的，请看右图。

虚无是一件上帝的礼物

两个几乎一模一样的长方形橙色领带包装盒，一个叠在另一个的上面，已经很长时间了。今天晚上我偶然间注意到它们，我把下面的包装盒换到上面，看上去谁在上面都差不多。橙色是一个鲜艳的颜色，一个即使落灰依然不容易看出来的颜色，以前在上面此刻在下面的那个包装盒上并没有落什么灰，以前在下面此刻在上面的那个包装盒上更没有落什么灰。在2020年12月23日这个夜晚，我出于某种原因，将这两个几乎一模一样的长方形橙色领带包装盒上下调换了一下位置。对于整个宇宙而言，这次调换毫无意义（可能也不能这么说，也许只是它对于宇宙的意义我们永远无法窥视），但是它却让我感到，虚无是一件上帝的礼物。

论人类想象力的局限

最开始我的想法是这样的，人类能够想象的东西分为两种，就是人类已经想到的和人类早晚会想到的，还有一些东西是人类永远也无法想到的。为了方便大家理解，我画了一张图，如下。

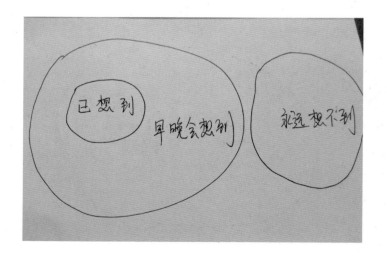

这张图说明，人类已经想到的东西，来源于人类早晚会想到的东西。而人类永远想不到的东西，则与我们无缘，不管经过多少时间，我们都永远想不到，这就是人类想象力的局限。

后来我又认真想了想，我觉得既然我画出了这张图，那不就说明"永远想不到"的东西也被我想到了吗？被我想到了不就是被人类想到了吗？包括"早晚会想到"的东西，在此刻不也被我想到了吗？所以，为了方便大家理解，我又画了一张图，如下。

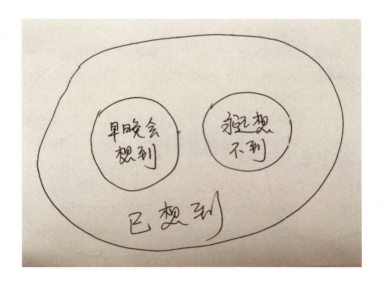

我看着这张图，感觉很奇妙，甚至有点不敢相信，原来"永远想不到"的东西已经被我们想到。那人类是不是就没有永远想不到的东西了？我又认真想了想，发现我们只是想到了"永远想不到"的东西是存在的，但是"永远想不到"的东西到底是什么，我们是永远也不知道的。打个比方就是，有一个黑盒子，我们知道它肯定是存在的（叫"永远想不到的东西"），但是这个黑盒子我们永远也打不开，所以，我们永远不知道这个黑盒子里面到底装的是什么。也就是说，有一些东西它虽然肯定存在，但是我们永远也不知道它是什么，这有点让人伤感。

而人类"早晚会想到的东西"这个集合，最终将会是一个完全暴露在人们目光中的盒子，本质上它一点也不神秘，它只是一个暂时的黑盒子而已。

所以在"永远想不到"这个黑盒子的里面，就是人类想象力的局限，我们永远不知道它里面是什么。我突然觉得，这个或这些"永远想不到"的装在黑盒子里面的东西，如果我们不知道它存在，该有多好。不知道它存在某种程度上就相当于它不存在，但是现在我们知道了它存在，我们就无法忽略它。也是这个黑盒子的存在，让我每次想到一些我觉得很酷的想法的时候，我都很冷静。我知道，这种酷的感觉只是一种幻觉，我能想到的东西，都只是人类"早晚会想到的东西"而已。

写到这里，我以为已经写完了，但是我觉得还是再想一下，我就又想了一下，然后发现了我上面写的东西的漏洞。这个漏洞就是我打的这个比方，我把"永远想不到"的东西比作一个黑盒子，这个比方的本质是，我认为它是一个空间。而很有可能，"永远想不到"的东西不是一个空间，它不是一个盒子，它里面并没有任何东西，它根本就没有里面。它只有表面，就是被我们想到的这一部分，也可以说，它只有一个名字，叫"永远想不到的东西"，这个名字本身就是它全部的存在。如果是这样的话，那"永远想不到的东西"已经完全彻底地被我们想到了。哈哈哈哈哈哈哈哈哈哈哈哈哈哈哈哈哈哈哈哈哈哈哈哈哈哈哈哈哈。

　　我开心了一会，抽了一根烟，然后又马上绝望地想到，刚才的对于"永远想不到的东西"不是一个盒子，而是且仅是一个名字的想法，只是打了另一个比方而已。啊啊啊啊啊啊啊啊啊啊啊啊啊啊啊啊啊啊啊啊啊啊啊啊啊啊啊啊啊啊。

论人类想象力的局限2

这个世界上被想到的东西一直在增加，但是没有被想到的东西却并没有减少。

遇见

最近晚上总饿，今天推娃出去玩的时候，就顺路进便利店准备买点泡面和火腿肠。我去火腿肠区看了一下，发现没有我平时买的"马可波罗"，我就先拿了几盒泡面到前台去，准备付款的时候又觉得不行，还是要买根火腿肠，吃泡面不配火腿肠，不符合我对吃泡面这件事的理解。我和服务员说等我一会儿，然后我又转身回到了火腿肠区。既然没有我平时吃的那种，我就决定在一堆我从没有吃过的火腿肠中选择一种。这个时候，有一个火腿肠进入了我的眼帘，看到这个火腿肠的名字我就笑了，那个瞬间我看见了设计这根火腿肠包装的那个天才的巫师。这个火腿肠的名字叫"泡面拍档"，我知道，这个给火腿肠命名的哥们儿已经在很久很久以前就预见到了此刻，我的出现早已在他的预料之中，他预料到了这个世界上有一天会有一个人走进一家便利店，想买一盒泡面，同时买一根火腿肠。他穿越时空看见了我，他要设计一根火腿肠卖给他永远也不会认识的陌生的我，他完全知道我就是要买一根火腿肠来配泡面吃。为了提醒我这根火腿肠就是我要买的那根火腿肠，他把它命名为"泡面拍档"。我看到这根火腿肠的那一刻就意识到了他提前对我的看见和理解，这种隔着时空的看见和理解让我拿起火腿肠的这个瞬间充满了温情，我不再只是简单地拿起一根没吃过的火腿肠，而是通过这根火腿肠看见了一个不知身在何处却完全理解我此刻心里在想什么的陌生人。我知道，这不是对我一个人的理解，这是他对所有买泡面的同时要买一根火腿肠的人的理解。这种穿越时空的理解让我会心一笑，我知道这是他专门设计给我的火腿肠，我已经买了泡面，怎么可能不买"泡面拍档"呢？为了让我确定这真的是那根专门设计给我吃泡面的时候吃的火腿肠，这个火腿肠上除了"泡面拍档"的命名，还画了一幅画，画了拟人的火腿肠和泡面手拉手。这幅画在这根火腿肠上还重复了两遍，占满了整个包装的空间。整个包装都在对我说，我就是那根你吃泡面的时候要吃的火腿肠，赶紧买我吧。我最后开心地买了它，而且买了三根，因为我买了三盒泡面。在回去的路上我想，这一天我没有虚度，因为我又遇见了一个好的词语的巫师。

一场雨

　　这就是我眼中的一场雨。如果有风，每一根代表雨滴的小棍都会被风吹得倾斜。假设它们被一阵风吹得全部向左倾斜，大致就是这个样子：

////////////////////////////////
////////////////////////////////
////////////////////////////////
////////////////////////////////
////////////////////////////////
////////////////////////////////
////////////////////////////////

另一场雨

‖‖‖‖‖‖‖‖‖‖‖‖‖‖‖‖‖‖‖‖‖‖‖‖‖‖‖‖‖‖‖
‖‖‖‖‖‖‖‖‖‖‖‖‖‖‖‖‖‖‖‖‖‖‖‖‖‖‖‖‖‖
‖‖‖‖‖‖‖‖‖‖‖‖‖‖‖‖‖‖‖‖‖‖‖‖‖‖‖‖‖‖‖
‖‖‖‖‖‖‖‖‖‖‖‖‖‖‖‖‖‖‖‖‖‖‖‖‖‖‖‖‖‖
‖‖‖‖‖‖‖‖‖‖‖‖‖‖‖‖‖‖‖‖‖‖‖‖‖‖‖‖‖‖‖
‖‖‖‖‖‖‖‖‖‖‖‖‖‖‖‖‖‖‖‖‖‖‖‖‖‖‖‖‖‖
‖‖‖‖‖‖‖‖‖‖‖‖‖‖‖‖‖‖‖‖‖‖‖‖‖‖‖‖‖‖

这就是我眼中的另一场雨。如果有风，每一根代表雨滴的小棍都会被风吹得倾斜。假设它们被一阵风吹得全部向右倾斜，大致就是这个样子：

第三场雨

———————————

｜｜｜｜｜｜｜｜｜｜｜｜｜｜｜｜｜｜｜｜｜｜｜｜｜｜
｜｜｜｜｜｜｜｜｜｜｜｜｜｜｜｜｜｜｜｜｜｜｜｜｜｜
｜｜｜｜｜｜｜｜｜｜｜｜｜｜｜｜｜｜｜｜｜｜｜｜｜｜
｜｜｜｜｜｜｜｜｜｜｜｜｜｜｜｜｜｜｜｜｜｜｜｜｜｜
｜｜｜｜｜｜｜｜｜｜｜｜｜｜｜｜｜｜｜｜｜｜｜｜｜｜
｜｜｜｜｜｜｜｜｜｜｜｜｜｜｜｜｜｜｜｜｜｜｜｜｜｜
｜｜｜｜｜｜｜｜｜｜｜｜｜｜｜｜｜｜｜｜｜｜｜｜｜｜
｜｜｜｜｜｜｜｜｜｜｜｜｜｜｜｜｜｜｜｜｜｜｜｜｜｜
｜｜｜｜｜｜｜｜｜｜｜｜｜｜｜｜｜｜｜｜｜｜｜｜｜｜
｜｜｜｜｜｜｜｜｜｜｜｜｜｜｜｜｜｜｜｜｜｜｜｜｜｜
｜｜｜｜｜｜｜｜｜｜｜｜｜｜｜｜｜｜｜｜｜｜｜｜｜｜
｜｜｜｜｜｜｜｜｜｜｜｜｜｜

这就是我眼中的第三场雨。在这场雨中一点风都没有，所以每一根代表雨滴的小棍都是垂直坠落。但是这场雨越下越细，越下越小，下了一会儿，大致就是这个样子：

｜｜｜｜｜｜｜｜｜｜｜｜｜｜｜｜｜｜｜｜｜｜｜｜｜｜

想象中的雨

｜｜｜｜｜｜｜｜｜｜｜｜｜｜｜｜｜｜｜｜｜｜｜｜｜｜｜｜｜
｜｜｜｜｜｜｜｜｜｜｜｜｜｜｜｜｜｜｜｜｜｜｜｜｜｜｜｜｜
｜｜｜｜｜｜｜｜｜｜｜｜｜｜｜｜｜｜｜｜｜｜｜｜｜｜｜｜｜
｜｜｜｜｜｜｜｜｜｜｜｜｜｜｜｜｜｜｜｜｜｜｜｜｜｜｜｜｜
｜｜｜｜｜｜｜｜｜｜｜｜｜｜｜｜｜｜｜｜｜｜｜｜｜｜｜｜｜
｜｜｜｜｜｜｜｜｜｜｜｜｜｜｜｜｜｜｜｜｜｜｜｜｜｜｜｜｜
｜｜｜｜｜｜｜｜｜｜｜｜｜｜｜｜｜｜｜｜｜｜｜｜｜｜｜｜｜
｜｜｜｜｜｜｜｜｜｜｜｜｜｜｜｜｜｜｜｜｜｜｜｜｜｜｜｜｜
｜｜｜｜｜｜｜｜｜｜｜｜｜｜｜｜｜｜｜｜｜｜｜｜｜｜｜｜｜
｜｜｜｜｜｜｜｜｜｜｜｜｜｜｜｜｜｜｜｜｜｜｜｜｜｜｜｜｜
｜｜｜｜｜｜｜｜｜｜｜｜｜

　　这就是我想象中的一场雨，每一根代表雨滴的小棍都是蓝色的，这是一场蓝色的雨。蓝色的雨下了一会儿，我又开始想象一场红色的雨：

｜｜｜｜｜｜｜｜｜｜｜｜｜｜｜｜｜｜｜｜｜｜｜｜｜｜｜｜｜

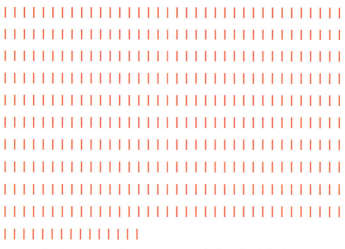

　　红色的雨下了一会儿，我又开始想象一场白色的雨：

　　白色的雨在书上看不见，这一回我们真的只能想象了。

梦中的雨

｜｜｜｜｜｜｜｜｜｜｜｜｜｜｜｜｜｜｜｜｜｜｜｜｜｜｜｜｜｜｜｜｜｜｜｜｜｜｜
｜｜｜｜｜｜｜｜｜｜｜｜｜｜｜｜｜｜｜｜｜｜｜｜｜｜｜｜｜｜｜｜

这就是我梦中的一场雨。我在梦中一直看着这场雨，它一直下着，我一直在等着最后一颗雨滴落下，但是我没有等到就醒了。关于最后一颗雨滴，我希望它和上面的每一颗雨滴都不一样，不是略有差异，而是完全不同，我希望它是这个样子的：

我希望这只鸟不要像最后一颗雨滴一样摔碎，而是最后一颗雨滴像这只鸟一样在大地上休息一会儿，再重新返回天上，这是我在这个夜晚所能想到的最美好的事。

如来佛的五指山

　　这就是如来佛的五指山，它看上去好像有一点萌。但是你不要被它的外表欺骗，它还是很厉害的。

窗外的雨

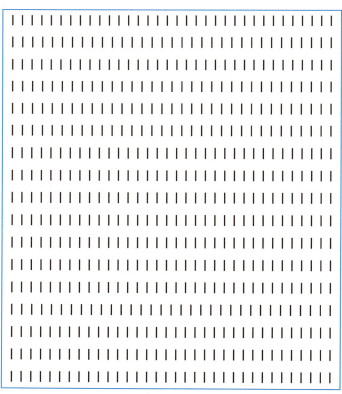

这就是窗外的雨，现在让我们静静地坐在窗前看这场

雨。一扇窗这么大的雨，足够我们看了，更多的雨要走到离窗户很近的地方，往两边侧头才能够看见。而我们只能正对着这扇窗看出去，这场雨看起来下得很密集。虽然我们看见的感觉是一场凝固的雨，但每一颗雨滴都在坠落，我们眨一下眼睛，看见的就是另一批雨滴了。永远有新的雨滴填满窗户这么大的空间。

窗外的雨2

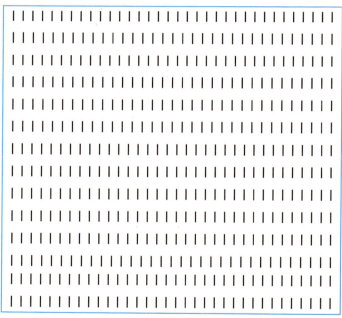

　　这也是窗外的雨，只不过是一扇更小的窗户。我在屋子里待着，偶尔抬头透过这扇窗户看外面的雨。这雨已经下了很久，在我没有学会怎么弄出这个窗框的时候，它就在下了。弄出这个窗框之后，我就瞬间来到了屋子里。我一直在这个屋子里待着，看着这场雨。当你看到这场雨时，你也会瞬间来到这间屋子，如果那时我还没有走，你就会在屋子里遇见我。

窗外的雨3

　　这还是窗外的雨，只不过天黑了，我们透过窗户也看不见窗外的雨了。但是仔细听，可以听见哗哗的下雨声。

窗外被风向左吹斜的雨

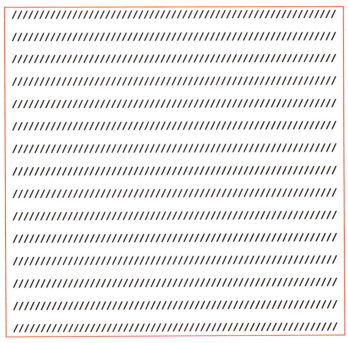

　　为了看这场窗外被风向左吹斜的雨，我换了一个红色的窗框。红色的窗框比蓝色的窗框要醒目一些，也更有存在感。现在让我们透过红色的窗框看出去，这场被风向左吹斜的雨正在安静地下着，其中每一颗雨滴都好看、干净。每一颗好看、干净的雨滴都因为风的关系，导致它们落地的时间稍微晚了一点。这多出来的停留在天空中的时间，从人类的角度来看，还是太短了。

窗外被风向右吹斜的雨

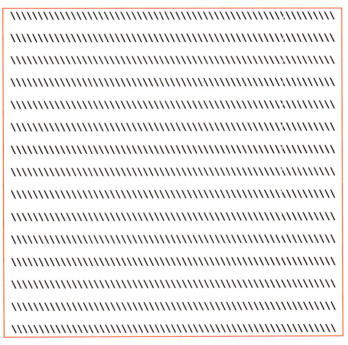

　　窗外被风向右吹斜的雨和窗外被风向左吹斜的雨，你只能选其中的一场雨来看，因为我们只有一个红色的窗框。在这个红色的窗框里，这两场雨无法同时下。我们现在看着的是一场窗外被风向右吹斜的雨，窗框内的每一颗雨滴都被风吹得向右倾斜，就像窗框外的每一颗雨滴也被风吹得向右倾斜一样。

窗玻璃上的雨

这就是窗玻璃上的雨。当我关注到窗玻璃上的雨时，就意味着我的目光已经从窗外的那场雨中返回了，我终于注意到了窗玻璃。我的目光没有透过窗玻璃再次看向外面，而是将窗玻璃上的雨作为观察的对象。我看见了窗玻璃上面的每一颗雨滴，但是对于那些突然向下滑动的雨滴，我关注的总是更多一些。在这样的一块玻璃上保持静止，需要雨滴足够小，稍微大一点，就会向下滑动。所以，那些保持静止的雨滴都是足够小的雨滴，那些向下滑动的雨滴都是太大的雨滴。而当你仔细看，你会发现每一颗雨滴看起来都一样大或者说一样小，而且每一颗雨滴好像都是静止的，为什么？这主要是因为我们看到的这扇窗户，完全来自一个虚拟世界。

圆圈的两种排列方式

画得不是很圆，大家可以把它们想象得更圆一些。

写作框

这是一个写作框，这是一个红色的写作框，我要写几句话把这个框填满。我也不知道我要写什么，我只是突然想到了"写作框"这个名字，就决定弄这样的一个框，然后在这个框里面写一篇小说。这是一篇很短的小说，在框填满的那一刻结束。为了保证小说的结尾不溢出这个红色的框，最后一句话我会根据实际情况来写。写到这里的时候，我接到一个快递电话，他来给我送我在外卖软件上面点的晚餐。他在电话里说，我把餐给你放到一楼了。我说，你帮我送上来，十五楼。他停顿了一下，然后说，好。过了一会儿，十五楼的门铃就响了。我打开门，就看见一个陌生男人，我看了一眼他的脸，写到这里时我已经忘记了这张脸，总之，他就是刚才给我打电话的那个人。他在门外把手里拎着的袋子递给我，我的右手伸出门外，在门外完成了袋子的交接。他的手没有一刻伸到门的里面来。我站在门里拎着袋子对他说，谢谢。他站在门外微微点了点头，然后就走了。我关上门，把手里的袋子拿到平时吃饭的桌子上，不出意外，我的晚餐就在这个袋子的里面。我坐回电脑前，继续写我的小说。按照我的估计，那个刚把晚餐递给我的穿着黄衣服的外卖员，此刻要么在等电梯，要么已经在电梯的里面，正徐徐下降到一楼。以我对我们这栋楼里面电梯运行的了解，他大概率还在等电梯。现在是晚上9点13分，今天的晚饭我吃得有点晚，这主要是因为今天的午饭我吃得有点晚，我吃午饭的时候，已经是下午3点多了。我从床上起来的时候就是中午了。吃完午饭后，我看了一部电影，库斯图里卡的《流浪者之歌》，两个小时，特别好看。看完电影，我又看了一会儿书，然后感觉很困，我就睡了一觉。醒来以后，天已经黑了，已经错过晚餐的最佳时刻。我起来小便，喝了点水，抽了一根烟，然后打开外卖软件，点了我的晚餐。这篇小说的想法，是我在刚醒来的时候突然想到的。点完晚餐后，我就打开电脑开始写这篇小说。在这篇小说创作的过程中，写这些文字只花了很少的时间，大部分时间花在了如何在Word文档中弄出这个红框，这是一个技术问题。

写作框2

这是一个异形的写作框，我从来没有在这样的一个写作框里面写过东西，这是第一次，感觉很新鲜。此刻是2021年4月5日凌晨二点9分，屋子里非常安静，只能听见冰箱嗡嗡运行的声音，还有手指在电脑键盘上敲出的声音。当我看见一句话被我敲出来并呈现在这个框里，我感觉非常奇妙，我发现每一行能够容纳的文字越来越少，可能会出现一行只有一个字的情况，实际上，这种情况已经出现了，就在上面，你应该已经看见了。它不再是一种可能性，而是一种事实，而且出现了两次。现在，每一行能够容纳的文字又越来越多了，但是也没有几行可以写了。这是一次非常短暂，但是难以忘怀的写作旅程。我准备写完这篇小说，在越来越寂静的后半夜抽一根烟，也可能抽两根，然后就去睡觉。

写作框3

这是我第二次在这样的写作框里面写东西，但是这一次，
这个异形的写作框在我眼里发生了一些变化，
我觉得这可能是一个沙漏。这是我第一
次在一个沙漏里面写东西，以
我对沙漏的了解，我
能控制的只

有

沙
漏
的
上
半
部
xxxxxxx
xxxxxxxxxxxxx
xxxxxxxxxxxxxxxxxxx

写作框4

这个形
状的写作框感觉也
不错，在这样的一个框里面
写作，仿佛每一个句子都在命运的限制
之中，这几天北京的天气说不上好，也不能说不好，
就是那么回事。今天一整天，我都没有打开窗帘看一眼外面
的天空，它应该还在那儿，空着。我的目光在屋子里面巡游，没有什么
让人眼前一亮的物品，都是日常事物，人类的目光再也无法穿透它们的平庸而看
见它们诞生之初不断闪烁的新意。一个杯子和一个人的关系就那么几种，即使有人
爱上一个杯子，也很难和它结婚。这几天在看老舍的短篇小说集《我这一辈
子》，我是用微信读书看的，微信显示有1140页，我看到231
页，还没有看到一篇我喜欢的。我耐心地看着，尽量
避免太早下结论，我还没有看到鼎鼎大名的
《断魂枪》。那是一篇仅仅听过
它的名字就感觉不俗的
小说，像杰
作。

323

命运的礼物

————————————

　　午夜，当我从冰箱的下层把雪糕拿出来的时候，我从来没有想到会遇见我即将要说出的这件事。这是一件我从来没有想过的事（如果事分大小，这应该算一件小事）。我一个人拿着雪糕回到影音室，把雪糕外面的包装撕开扔到影音室角落的垃圾桶里，然后拿着雪糕坐回到电脑前，一边点开电脑上暂停的电影，一边吃雪糕。当我把一根雪糕全部吃完之后，就出现了我即将要叙述的这件事。这件事包含着一个事实，如果让我来形容，我会说这是一个温柔的事实。印象中我从来没有关注过这个事实。这是一个我肯定早就遭遇过的事实，只是被我忽略掉了。现在我要说这个事实了。这个事实就是，当我把这根雪糕吃完之后，我看见露出来的雪糕棍上雕刻着一个图案。这个图案明显是给那些刚刚把雪糕吃完的人看的，我就是一个这样的人。这一款雪糕我吃过很多次，但这是第一次，我发现吃完雪糕后露出来的雪糕棍上雕刻着一个图案。看到这个图案的瞬间，我就明白这个图案是专门设计出来给我看的。这个图案的设计师可能认为一个刚吃完雪糕的人，不应该让他看见一个空白的雪糕棍，而应该让他看见雪糕棍上的图案。这里面蕴含着一种堪称伟大的服务精神。在这个安静的春天的夜晚，当我看见这个雪糕棍上的图案的时候，我的心突然变得柔软了起来。仿佛刚刚被我吃掉的雪糕，只是生活的表象，这个雪糕棍上的图案，才是命运的礼物。我想了一会儿，为什么以前我吃这款雪糕的时候，没有看见过这个图案。我觉得不太可能只有我刚刚吃的这根雪糕棍上有图案，至少这一款雪糕的每一根雪糕棍上，都会有这个图案。或者这家公司出品的每一根雪糕棍上都会有这个图案，这才符合商业的逻辑。但是我为什么吃过这么多次这款雪糕，直到今天晚上才看见这个图案呢？这里面是否有什么我永远无法理解的东西？一般吃雪糕的时候，我的眼睛都是盯着电脑，吃完雪糕我就把雪糕棍扔了，所以我之前没有看见过雪糕棍上的图案。这一次吃完雪糕的时候，我也没有看雪糕棍，我正在看电影，正看得津津有味。我没有起身马上把这个雪糕棍扔掉，而是拿了一张纸，把这个雪糕棍放在这张纸上，我准备等看完电影再用这张纸包着这个雪糕棍，把它们一起扔掉。但是这个电影有点卡，在电影卡住的时候，我安静地等待着它自己能够缓冲过来。就是在这个时候，我看了一眼放在电脑旁边一张白色抽纸上的雪糕棍，然后我看见了这个图案。看到这个图案后，我的目光在这根雪糕棍上停留了很长时间，我从来没有这么认真地盯着一根雪糕棍看过。我本来想向你们好好地描述一下雪糕棍上的这个图案，但是，这个图案用文字确实不太好描述，还是贴图吧！这篇小说就写到这里，这篇小说的精髓和秘密全部在下面这张图中。

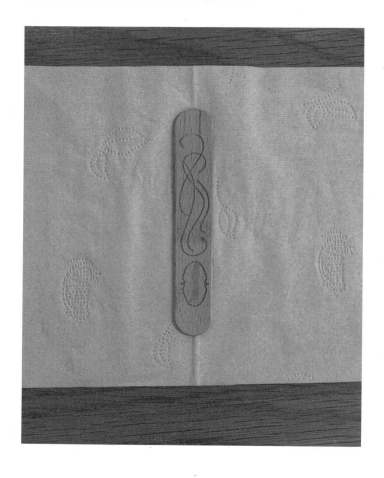